マドンナメイト⊕

元アイドル熟女妻

羞恥の濡れ場

霧原一輝

元アイドル熟女妻

羞恥の濡れ場

第一章　元アイドル復活

1

　その日、映画プロデューサーの鵜飼俊夫《うかいとしお》が、仕事の話があるからと、家にやってきた。

　四谷修一《よつやしゅういち》は映画監督であるから、プロデューサーが家に来るのは珍しいことではない。客間に通して、対応する。

「何だ、いい話なんだろうな？　撮らせてくれるのか？」

　修一はぶっきらぼうに対応する。上から目線なのは、修一が五十九歳で、鵜飼が二十年弱の年の差があり、この業界でのキャリアも実績も自分がはるかに上だからだ。

鵜飼が自信ありげに言った。

「じつは、沢渡綾香《さわたりあやか》を主役にした映画を考えているんです」

修一の胸のなかで、まさか、という気持ちと、そんなことできるのかという驚きが渦巻いた。

なぜなら、沢渡綾香は自分の妻であり、元アイドルだからだ。

元々、綾香は十五歳でアイドル・グループの一員として、鮮烈なデビューを果たした。が、十七歳でグループを脱退して、ソロデビュー。ソロ歌手としても発売二曲目にして、今もカラオケで歌われつづけているヒット曲を出した。

だが、そこから鳴かず飛ばずでプロダクションは彼女を女優として売り出そうとした。

その主演作を撮ったのが、四谷修一だった。

当時、修一は三十八歳で、映画監督としてたてつづけにヒットを飛ばしていた。

その腕を見込まれての依頼だった。

そして、映画の撮影中に、修一は綾香を抱いてしまった。

最初、修一にその気はなかった。しかし、綾香は業界でも厳しいと有名だった修一の演技指導に必死に食らいついてきた。

悔し涙を流し、ＯＫが出るまで、何回となく演技を繰り返した。

そんないたいけで、一生懸命な綾香に、気づいたら修一が惚れていた。

(何を考えているんだ……相手はまだ十八歳のアイドル崩れだ。自分とは二十歳も歳が離れている。それに俺はすでにバツイチだ。こんなケツの青いガキを好きになるわけがない)

そう自分を抑えた。

しかし、ある夜、綾香がマネージャーの目を盗んで、修一のマンションにやってきた。彼女が恋に落ちる役の男優との初キスの演技がわからないというので、演技指導をつけているうちに、修一は妙な気分になり、気づいたときには綾香を押し倒していた。

そこで、綾香がわずかでも拒む気配を見せてくれれば、未遂に終わっただろう。

しかし、綾香は拒まなかった。

いや、むしろ、こうなるのを待っていたような節があった。

綾香は処女ではなかったようだが、セックス自体は拙《つたな》かった。

それでも、秘密の情事の回数を重ねるうちに、綾香は性的にも飛躍的な向上を見せて、膣でもきっちりと昇りつめるようになった。

結果的に、修一は綾香を女優としてではなく、女として育てることになった。そして、修一が気合を入れて監督した、綾香主演のロマンス映画は興行的には鳴かず飛ばずだった。

その後、しばらくして、綾香の妊娠が判明した。もちろん、修一は産むことには反対で、堕胎するように段取りもつけた。

しかし、綾香は監督の子供を産みたいと主張した。そのためなら、芸能界を辞めてもいい。わたしは監督と結婚したいと。

修一はその強い意志に負けた。

それ以上に、沢渡綾香を独り占めしたいという気持ちがあった。

綾香の所属プロダンションには猛反対にあった。綾香のファンからも、監督のセクハラによるデキ婚だと非難をされた。

しかし、かつては圧倒的な人気を誇ったアイドルを、二十歳も年上の監督が独り占めするのだから、それも当然だろう。それらをすべて受け入れて、修一は綾香と結婚した。

以降、綾香はきっぱりと芸能界を引退し、監督四谷修一の内助にまわり、翌年、男の子を産んだ。

その息子の光一《こういち》も、高校を卒業したあとロックバンドを組み、そのヴォーカルを担当していた。まだまだマイナーだが、光一の両親が監督と元アイドルということもあって、インディーズでは名の知れたバンドになった。光一は現在はすでに自立して、家を出ている。

「綾香を主演にした映画なんて、興行的にどうなんだ？　だいたい、資金を出してくれるところがあるのか？　綾香はもう二十年前に芸能界を引退しているんだぞ」

修一は心に浮かんだ疑問をそのまま口にする。

「大丈夫です。すでに、出資先はほぼクリアされています。それに、沢渡綾香のＳＮＳのフォロワーは五百万人を超えています。綾香さんが復活して、映画の主役をやれば、絶対に客は来ますよ」

「そうだろうか？　フォロワーと実際に劇場に足を運ぶ人とは違うんじゃないか？」

修一は甘い考えを問い質す。

「もちろん、そうです。でも、そこにさらなる特典が加わったらどうでしょうう？」

「特典？」

「はい。ひとつはもちろん、清純派アイドルだった彼女が三十九歳の熟女として、生々しい肉体をさらすことです。つまり、ベッドシーンを必ず入れてください」

鵜飼がまっすぐに目を見つめてくる。怒りが込みあげてきた。舐められたものだ。

「貴様、俺に妻のベッドシーンを撮れと言うのか？」

「はい……ＳＮＳで拝見する奥様は本当におきれいで、しかも、色っぽいです。アイドル時代とはまた違った魅力があるのです。彼女のファンの多くは、いや、ファンでなくとも、今の彼女のヌードと濡れ場を見たいと願っているんじゃないでしょうか？」

鵜飼の言葉を聞いて、修一の胸は妙な具合に軋んだ。

普通の男は、妻の裸を他の者に見せることを嫌うだろう。修一もそうだ。しかし、修一は今、綾香の肉体が女としてほぼ完成形に近づいてきていることを知っている。

ひいき目ではなく、綾香の三十九歳の肉体は成熟しきっており、官能美の絶頂

期にある。それは修一が監督として、今まで何人もの女優の肉体を見てきている
からこそ、わかることだ。
そして、修一には綾香をここまで育ててきたのは自分だという自負がある。
(綾香が脱ぐとしたら、確かに今しかないだろうな……)
厄介なことは、綾香が男優と演じるベッドシーンを撮り、それを数多の観客に
披露することに対して、修一にもひそかな悦びのようなものがあることだ。
「問題は、綾香さんのほうだと思っています。彼女が濡れ場を演じることをOK
してくれるでしょうか？　そもそも、女優復帰自体どうなんでしょうか？」
「それは、俺が出ろと言ったら、出るさ。俺が監督をするんだからな」
「……でしたら、ぜひとも……」
「まあ、考えないこともないが……。で、他に出演者は誰を考えているんだ？
あとはどんな内容の映画にする？」
修一はもっとも気になっていることを訊いた。
「それなんですが……共演者は二階堂卓弥《にかいどうたくや》を考えています。いや、彼でないとこ
の映画は成立しません」
鵜飼が出した名前に、驚いた。

なぜなら、二階堂卓弥こそ、かつて綾香とスキャンダルのあった男だからだ。

「あいつはダメだ」

「どうしてですか？」

「どうしてって……あいつは綾香と……うん？　ひょっとして、それを狙っているのか？　かつて関係を取り沙汰された二人を共演させることで、観客の興味を引こうと？」

「はい。おっしゃるとおりです。共演者が二階堂卓弥であれば絶対に客は入ります。出資者は、二階堂が共演者でなければ金は出せないと言っています」

「……じゃあ、綾香の濡れ場も、相手は二階堂ということか？」

「はい」

修一は認めるべきかどうか迷った。

そして不思議な感情に襲われてもいた。

自分の妻である綾香と、二階堂のベッドシーンを想像したとき、さっきより強烈なぞくりとした戦慄が体を走ったのだ。

その正体に蓋をしつつ、訊いた。

「それで、内容は？　恋愛か、サスペンスか？」

「ラブサスペンスを考えています。それも、実在の沢渡綾香のたどってきた道のドキュメント要素を加えたいんです」

「それで、相手役が二階堂卓弥ってことか？」

「はい」

「悪趣味だな」

「悪趣味でも何でも、客が来ればいいんです。失礼ですが、四谷監督は最近ヒット作は……？」

修一はきりきりと鵜飼をにらみつけた。

『この若僧が！』

と、殴りたかった。しかし、実際に修一は最近まったくヒット作に恵まれていなかった。貯蓄も底をつきかけている。

（鵜飼はこちらの懐具合も計算して、提案しているのだろう。つまり、金のために、妻を売れというわけか……）

などと考えていると、ドアをノックする音がして、

「コーヒーをお持ちいたしました」

綾香の声がした。

修一は鵜飼と顔を見合わせてから、言った。

「ああ、入りなさい」

すぐにドアが開いて、綾香が部屋に入ってきた。

コーヒーカップの載ったトレイを持っていて、二つのカップをテーブルに置く。

妻は二十年経過した今も、『沢渡綾香』だった。

アイドルだったその面影を色濃く残していた。

かるくウエーブしたセミロングの髪、ぱっちりとした目と長い睫毛、ほどよく高い鼻先といつも微笑みを浮かべている小さくて、ふっくらとした唇。

当時といちばん変わったところと言えば、胸だろう。あの頃はさほど目立たなかったのに、母になって乳房が大きくなったのか、今もタイトフィットのニットを持ちあげている胸はたわわで、男の視線を引き寄せてしまう。

尻も充実している。

しかも、当時美脚アイドルと謳われていた美脚は今も健在で、むっちりとした太腿から長くすらりとした足が伸びている。

「初対面だったよな。紹介しておくよ」

修一は二人を紹介して、綾香に隣に座るように言う。

綾香がおずおずとソファに腰をおろした。正面には、鵜飼がソファに着席している。

綾香を前に、鵜飼がひどく緊張しているのがわかった。

「どうした、鵜飼？　ひょっとして綾香のファンだったりしてな」

からかってみた。どうやらそれは事実だったようで、鵜飼がはにかんだ。

「図星か？」

「ええ、はい……綾香さんは私の青春時代を彩ったアイドルでした。グループ時代もソロになってからも。もちろん、監督が綾香さん主演で撮られた映画は、もう数えきれないほど拝見させていただいています」

年下のプロデューサーが、ファンだったアイドルを目の当たりにして、はにかんでいる。それが、かわいいと言えばかわいい。

だいたい鵜飼が綾香のファンでなければ、この企画を持ってこないだろう。

それに、さっき鵜飼は、綾香がソファに座ったときのスカートからのぞく太腿をちらりと見て、すぐに目を伏せた。

おそらく、この男は綾香をオカズに抜いているだろう。オナニーしているだろう。その本人が今、目の前にいるのだから、昂奮しないほうがおかしい。

「どうだ、あの件を、今、直接頼んでみたら？」

鵜飼をせかした。

しかし、鵜飼はあがってしまっているのか、

「ああ、いえ……あの件は私からではなく、監督のほうからお伝えください。そのほうがいいと思います」

鵜飼が逃げた。

「そうか……わかった。俺もその件に関しては、綾香次第ということにしておこう」

「どうかよろしくお願いします。ずっと温めてきた企画なんです。絶対に客は入ります。いや、入れます」

鵜飼が力強く言い切った。

「あなた、お仕事の話なの？」

二人の会話を聞いていた綾香が、口を挟んできた。

「ああ、そうだ。撮らせてくれるそうだ」

「まあ、本当ですか？　よかったわ。本当によかった……で、そのわたし次第というのは？」

「それは……あとで俺のほうから話すよ」

「何かしら？　怖いわ」

「……そうだな。確かに怖い……」

「えっ……？」

「いや、冗談だよ。じゃあ、こっちはもう少し二人で話を詰めたいから、綾香は席を外してくれ。悪いな」

「いえ……」

綾香が席を立った。

2

その夜、綾香が風呂からあがり、寝室のベッドに入ってくるのを待って、修一は切り出した。

「鵜飼の件だが……」

横臥した綾香のパジャマの上着のボタンをひとつ、またひとつと後ろから外しながら、耳元で囁く。

「ずっと気になっていたんです。ちっとも言ってくれなくて……わたし次第ってどういうこと？」

「ああ、その件なんだが……」

修一は上着のボタンを外し終え、パジャマの下へと右手をすべり込ませた。たわわなふくらみをぐいとつかむと、

「あんっ……！」

綾香が小さく喘いだ。

「ちょっと、ダメ……話をちゃんと聞きたいの」

「胸を愛撫されると、感じすぎて、話を聞けなくなるか？」

「……ほんと意地悪なんだから」

「お前をかわいがりながら、話したい気分なんだ。許してくれ」

「……いいわ。とにかく、話して」

綾香が折れた。つきあいはじめた頃から、綾香はベッドではノーと言ったことはなかった。

「綾香主演の映画を撮らせてくれるそうだ」

単刀直入に切り出すと、綾香がハッと息を呑むのがわかった。すぐに、

「でも、わたしはもう二十年も芸能界から遠ざかっているのよ。無理よ」

「その空白の二十年間がいいんだそうだ。元アイドルが熟女として再デビューを果たすのがな。しかも、それを撮る監督が夫で、それに、相手役が……」

「相手役が、どうしたの？」

「相手役は、二階堂卓弥らしいぞ」

その名前を出した途端に、綾香の肢体が強張るのが、はっきりとわかった。

「どうした、いやなのか？」

耳元で言いながら、乳房をぐいと揉み込んでやった。

「んっ……！」

綾香は一瞬顎をせりあげてから、いやいやをするように首を振った。

「やめて……」

「どっちをやめてほしいんだ。二階堂卓弥か、それとも、胸への愛撫か？」

「……両方」

「そう言われると、ますますしたくなるんだ」

修一は柔らかなふくらみの頂上にしこっているものを感じて、それを指で挟んで転がした。くりっ、くりっとねじると、

「あっ……いや……やめて、本当にいやなの」

綾香が訴えてくる。

「そう言うわりには、乳首がどんどん硬くなってきているぞ」

修一は綾香を仰向けに寝かせて、乳房にしゃぶりついた。

前の開いたシルクタッチのパジャマから、たわわで形のいい乳房があふれて、その頂上を舌でかるく擦ると、

「んっ……あっ……んっ……ぁああ、あなた、ダメ……ちゃんと話を聞かせて」

綾香が切々と訴えてくる。

「だから鵜飼は、綾香が主演で、その相手役を二階堂がする映画を、俺に撮らせてくれると言っている」

「わたし次第とは？」

「俺はお前次第で、撮っても撮らなくてもどちらでもいいんだ。つまり、お前に下駄を預けたってことだ」

「……卑怯だわ」

綾香がはっきりと言った。

「卑怯か……そうだな。いつも俺は卑怯だ。そんなことは、お前もわかっている

だろ？」

「……それで、あなたはどうなの？　受けたいの、それとも……」

「俺の意志とは関係なしに、我が家の家計を考えたとき、受けざるを得ないんだ。それは、綾香もわかるだろう？」

修一は乳房から顔をあげて、綾香を見た。

「ええ……だったら、わたし次第とは言わずに、受けたらいいわ」

「……本当にいいのか？　共演者は二階堂卓弥なんだぞ」

「別に問題ないんじゃない？　どうして、そんなふうに思うの？」

「それは……」

かつて綾香の主演作を撮りはじめたとき、綾香は写真週刊誌に、二階堂卓弥と密会しているときの写真を掲載された。卓弥の住むマンションに、二人で出入りしている姿を撮られたのだ。

卓弥に肩を抱かれて、親しそうに笑っている綾香の姿は多くのファンを失望させた。清純派で通っていた沢渡綾香が、当時からプレーボーイとして有名だった二階堂卓弥との逢い引きを撮られたのだから。

「お前ら、つきあってたんだろ？」

「もう、何度も釈明したでしょ。彼の部屋に行ったことはある。でも、キスされただけ。キスされて、怖くなって、すぐに出てきたのよ。だから、彼とはしていないの。もう、何度も言わせないで」

「本当なんだな」

「本当よ」

もう幾度となくした会話を繰り返して、修一は乳首にしゃぶりついた。

綾香の乳首は出産して、授乳をしているのに、いまだ初々しいピンクでいやらしく尖っている。

硬くなっている突起を舌でなぞりながら、訊いた。

「鵜飼は、綾香がその気になってくれるかどうかを心配していた。さっき、二十年ぶりだから無理だと言っていたけど、そのへんはどうなんだ？」

「それは、やってみないとわからない。でも、家には今、お金がない。だから、受けるしかないんじゃないの？　監督料と主演女優のギャランティが入れば、しばらくはどうにかなる」

「じゃあ、鵜飼にＯＫを出すぞ。それでいいんだな？」

「ええ……わたし、演技には自信がないけど、あなたなら、わたしをどうにかしてくれそうな気がするの」

修一は胸に熱いものが込みあげてくるのを感じて、乳房を揉みしだき、乳首に貪りついた。

柔らかな肉層を揉みあげ、硬くなっている乳首を舐め転がし、さらに吸った。

「ぁああ……ぁあぁうぅぅ……いいの。修一さん、すごく感じる」

綾香が言いながら、修一の髪を掻きむしる。

「俺もだ。俺もすごく昂奮している。ほら、触ってみろ」

綾香の手をつかんで、股間に導いた。

パジャマのズボンを屹立《きつりつ》が高々と持ちあげていて、それに触れた綾香が、

「すごく、硬いわ」

うれしそうに言って、パジャマ越しに屹立を撫でさすってくる。

修一は自分のパジャマを脱ぎ捨てて、ブリーフもおろした。

その間に、綾香はパジャマを脱いで、パンティも剝きおろしていく。一糸まとわぬ姿になり、乳房を両手で隠して、下からじっと見あげてくる。

「したそうな顔をしているな。目が急に潤んできた」

修一は下半身のほうにまわり、すらりとした足の膝裏をつかんで、開きながら

持ちあげる。

女の花園をあらわにされて、綾香が顔をよじって、羞恥心を表した。

「おいおい、ヌルヌルじゃないか……どうして、こんなに濡らしている？　そうか、二階堂と共演できるとなったら、ここが熱くなったか？　昔を思い出したか？」

「……違うわ。どうして、そういうことしか言えないの？　いつも、そうじゃない。あなたとの仕事が決まりそうだから、うれしいのよ。だって、あなたもしばらく仕事をしていなかったから」

「そうだな。悪かった。俺も最近はひがみ根性ばかりだな。お前は俺に撮ってもらえることがうれしいんだよな」

「そうよ……あなたに撮ってもらえることがうれしいの」

修一は嬉々として、翳《かげ》りの底に顔を埋めた。

あふれでている蜜の甘酸っぱさが鼻孔に忍び込んでくる。昔から、綾香の愛蜜は極上の強精剤だった。

今も、たとえようのない芳香が、修一をかきたてる。

花の蜜を舐めた。

ぬらついている狭間をぬるっ、ぬるっと舐めあげると、
「んっ……！　んっ……！　ぁあああ、あなた、いいの……いい……ぁあああ
ああ、もっと、もっとして……はうぅぅ」
綾香がもう我慢できないとばかりに恥丘をせりあげる。

3

考えたら、二人はもう三カ月余りもセックスをしていなかった。

結婚して二十年も経てば、男と女の関係を保つのは非常に難しい。たとえ、相手が綾香のようないい女だとしても、それは同じだ。

かと言って、夫婦仲が冷え込んでいるわけではない。この二十年でいろいろなことがあったが、それを二人は協力して乗り切ってきた。そういう意味では二人は友人であり、戦友であり、家族だった。

息子の光一が手を離れて、今は二人の生活に戻った。そして、二人がふたたび男と女として燃えあがるためには、何か新しい要素が必要だった。

その新しい要素を鵜飼からもらったのだ。

漆黒のびっしりと濃い繊毛がよじれながら、縦長に伸びている。性格そのままに几帳面に丁寧に長方形に手入れされていた。

余計な陰毛はきれいに処理されていて、いまだに清新さを失わない、ふっくらとしたピンク色の肉びらがわずかにひろがって、鮭紅色にぬめる内部をのぞかせている。

「自分で膝を持ちなさい」

いつものように言うと、綾香は両手でそれぞれの足をつかんだ。

修一は自由になる両手で左右の肉びらを開く。ぬっと現れた鮭紅色の粘膜は濡れてきらきらと光っている。

「ぁああ、恥ずかしいわ。あまり見ないで……」

綾香が羞じらった。三十九歳の熟女の羞じらいは、とても刺激的だ。

修一は顔を寄せると、舌をいっぱいに出して、溝を舐める。下から上へとつるっと這わせると、

「あんっ……！」

綾香はびくっとして、あえかな声をあげた。

つづけざまに粘膜を舐めあげるうちに、

「ぁあああうぅ……いいの……」

華やいだ声をあげて、綾香はもっとばかりに恥丘を擦りつけてくる。

「しばらくしていなかったから、燃えるか？」

顔を女陰に寄せたまま訊くと、

「はい……しばらくしていなかったから」

綾香が期待通りに言葉を返す。

「いいんだぞ。したくなったら、自分からしたいと言って……そうしたら、してやるから。わかったな？」

「はい……なかなか自分からは言えなくて……」

そう羞じらう綾香は、とても三十九歳の熟女だとは思えないほどに初々しさを保っていた。

普通、男と女は長い間一緒にいると、女性は羞恥心を失うものだ。だが、綾香にはいっこうにそういうところが見られない。

修一は狭間を舐めあげるその勢いを利して、上方の突起をピンと撥ねあげる。

「あんっ……！」

びくんと、腰が躍った。

修一は左右の指で陰核の包皮を斜め上方に向かって、引っ張る。莢がきれいに剝けて、珊瑚色の本体がぬっと現れた。

まだ小さい。だが、刺激を与えるうちにどんどん肥大化していき、今の倍以上の大きさになる。そうなると、クリトリスはいっそう感度を増す。

顔を寄せて、舌でなぞりあげる。

何度も舐めあげると、そのたびに、下腹部がぐぐっとせりあがる。

今度は横に撥ねる。舌先でつづけざまに左右に弾くと、

「ぁあああうぅぅ……いや、いや……」

綾香は舌の動きと同じように、顔を左右に振った。

この、いやは、やめてと言っているのではなく、これ以上感じてしまうと限界を超えてしまいそうな自分自身への戒めの「いや」なのだ。

そして、クンニをつづければ、ごく自然にその限界を超えてしまうことを、修一は知っている。

「ぁああ、ねえ、欲しい」

綾香がせがんでくる。

「何が欲しいんだ？」

「あれよ、あれ」

「あれって……何だ？」

「いやいや、言わせないで」

「ダメだ。言わないとやらないぞ。言いなさい」

「ぁあああ、あなたのおチ×チンよ。あなたのおチ×チンが欲しい」

綾香がそのものズバリの言葉を口にした。この二十年同じことを繰り返しているのだが、二人とも飽きることはない。それが不思議といえば不思議だ。

「俺のチ×ポをどこに欲しいんだ？」

「ぁああ、わたしの、綾香のオマ×コです」

「綾香って誰だ？　昔、テレビに出ていた元アイドルの沢渡綾香のことか？」

「……はい。その沢渡綾香のことです」

「じゃあ、お前がその沢渡綾香なんだな？」

「はい……そうです」

「ブリッコでみんなの前で歌って、踊っていた沢渡綾香なんだな？」

「はい……」

「あの清純派が、男のチ×ポを欲しがっている。そうだな？」

「はい、そうです」

「じゃあ、あの頃に戻ったつもりで言ってみろ。そうしたら、くれてやる」

「……わたしは沢渡綾香です。清純ぶっていたけど、本当はすごくおチ×チンが好きで、欲しくて欲しくて、いつもあそこを濡らしていたんです」

「歌いながら、オマ×コを濡らしていたんだな」

「……はい」

「カメラの向こうにいるたくさんのファンのチ×ポを咥え込みたかったんだな？」

「はい、はい……！　ぁあああ、お願い、あなた、ちょうだい！」

言葉責めをつづけるうちに、修一の分身はカチンカチンになっていた。

上体を起こして、膝をすくいあげる。

いきりたちをあてがって、ゆっくりと腰を入れていく。

切っ先がいまだに窮屈な肉の道を押し広げていく確かな感触があって、

「ぁあああ……！」

綾香が片手を口に持っていって、喘ぎ声を押し殺した。

それでも、修一がズンッと奥まで打ち込むと、

「あはっ……！」

綾香は口に添えていた手をひろげて、シーツを握りしめ、大きく顔をのけぞらせる。

修一は根元まで送り込んだ満足感にひたって、膝を放した。

覆いかぶさるようにして、上からじっと綾香を見る。

かるくウエーブした髪をシーツや顔に散らして、挿入された衝撃を味わっている。

二十年という歳月はアイドルだった十九歳の女の子を、三十九歳の熟女に変えた。しかし、その顔はいまだ若い頃の面影を残しており、そこに、熟れた女のやさしさやすべてを受け入れる器の大きさが加わって、ある意味で今がいちばんの女盛りと言っていいのかもしれない。

「綾香……」

名前を呼んで、唇を奪った。

唇を重ねて舌を押し込むと、綾香は自分から舌を求めてきた。ねっとりと舌をからめながら、修一の口蓋を舐めたり、舌先を吸ったりする。

修一が応戦して、綾香の舌先を甘噛みすると、きゅっと膣が締まって、

「うぐっ……！」

綾香が低く呻《うめ》いた。

修一がつづけざまに舌先を甘噛みすると、膣もそれに合わせて、ぎゅ、ぎゅっと締まってきて、その内側へと手繰り寄せられるような粘膜のうごめきがたまらなかった。

修一は自分からキスをやめて、腕立て伏せの形を取った。このほうが打ち込みやすいからだ。

両腕を伸ばして、腰をぐいぐいとつかう。

打ち据えておいて、しゃくりあげる。膝の内側をシーツに押しつけるようにして、膣の粘膜を擦りあげると、修一もぐっと性感が高まる。

綾香も差し込まれる感が強くて、いっそう感じるのだろう。

「んっ……んっ……あんっ……あっ、ぁああうぅ、いいの！」

さしせまった声をあげて、修一の伸ばした両腕にしがみついてくる。

このまま連打をつづければ、綾香は気を遣《や》るだろう。しかし、修一のほうがもたなかった。

現在の男の五十九歳と言えば、昔と違って、壮年の範囲だろう。だが、体を使うことの不得意な修一は、運動不足のせいで、持久力が衰えていた。

いまだに瞬発力はあるのだが、長持ちしない。

つまり気力はあるものの、体力がそれについていかない。今も、息があがってきた。

それを誤魔化そうと、乳房をつかんだ。

直線的な上の斜面を下側の充実したふくらみが持ちあげた綾香の乳房は、微塵のたるみもなく、素晴らしい形を保っており、乳首がツンと頭を擡げている。

その透きとおるようなピンクの乳首は、綾香の三十九歳という年齢を考えると、奇跡と言ってよかった。

しかも、柔らかな肉層を揉み込むたびに、薄い乳肌が張りつめて、青い血管が幾本も浮き出してくるのだ。

修一は乳首に貪りついた。

チューッと吸うと、硬い乳首が伸びて口に入り込んできて、

「ぁあああ……！」

綾香が嬌声を放った。

それが快感の喘ぎであることは、首の反り具合でわかる。ほっそりした首すじ

が引き攣って、筋が浮き出ている。

修一は片方の乳首を吸い、舐めながら、もう片方の乳房も揉みしだき、突起を指で転がした。

片方の乳首をかるく甘嚙みしてみた。

「ぁあああっ……！」

悲鳴とともに、膣がぎゅっと締まって、イチモツを食いしめてくる。

左右の乳首を甘嚙みするたびに、膣の締めつけを感じて、修一は強く打ち込みたくなった。

その前に——。

綾香の両腕をあげさせて、腋の下を露出させる。

官能的なカーブを描く腋窩のラインに見とれながらも、そこを舐めた。

ぬるっと舌を走らせると、くすぐったいのか、それとも快感なのか、

「うあっ……！」

綾香がびくんと震える。

修一は腰をつかいながら、腋窩《えきか》を舐める。

打ち込む際には、その流れで体が上へと移動する。その動きを利用して、ツ

ルッと腋を舐めあげる。

腰を引くときはそのまま舌をおろしていき、入れるときはその勢いそのままに舌でなぞりあげる。

「ぁあああ……あああぁ……！」

それをつづけているうちに、綾香の様子がいよいよさしせまってきた。

と、歌うように喘ぎ声を響かせる。

「気持ちいいんだな？」

「はい……気持ちいい。腋も、あそこも」

「あそこって、どこだ？」

「お、オマ×コよ」

「誰の？」

「……沢渡綾香」

「あのアイドルだった沢渡香織か？」

「はい……アイドルだった沢渡綾香」

「あのアイドルはじつは、すごく好色だったんだな。歌いながら、誰かのチ×ポのことを考えていたんだな」

「はい……そうよ、そう……カメラの前で歌いながら、頭のなかではデカチンに貫かれることを考えていたの」

「この嘘つきが！　そういう女はこうしてやる。ほら、後ろを向いて、這いなさい」

修一が結合を外すと、綾香が緩慢な動作でベッドに這った。

4

四つん這いになった綾香の尻を引き寄せて、修一はいきりたつものを押し込んでいく。ぬるぬるっと嵌まり込んでいき、

「はうぅ……！」

綾香が背中を弓なりに反らせて、シーツを鷲づかみにした。

（ああ、これだ……俺はしばらくこの悦びを忘れていた。手を伸ばせば届くところにあったのに、それを実践しようとしなかった。だが、鵜飼の若僧が、俺に恩寵をもたらしてくれた！）

修一は今もなおくびれているウエストをつかんで引き寄せながら、後ろからつ

づけざまに打ち込んだ。

　屹立が奥にぶつかるたびに、

「あん、あん、あんっ……！」

　綾香は喘ぎ声をスタッカートさせる。

「カメラの前で歌いながら、男のマラのことを考えていたんだな。許せないな。そういう女は許せんぞ！」

　修一は右手で尻をぶった。

　パチンと乾いた音がして、

「あんっ……！」

　綾香が顔を撥ねあげる。

「痛いか？」

「はい……痛い。許して、もう許して……」

「ダメだ。許せんな」

　修一は右手を大きく振りかぶって、向かって右側の尻たぶを平手打ちした。

　パチーン！

　大きな音がして、「痛い！」と綾香が身体を強張らせる。

「お前が悪いんだからな。清純派のふりをして、ファンを騙していた綾香が悪いんだからな。お仕置きだ。我慢しなさい」

修一はまた右手を振りかぶって、パチーンと尻たぶをビンタする。

「うぁああ……！」

綾香が絶叫して、尻がぶるぶると震えはじめた。打たれたところが赤く染まりはじめている。

修一は今度は右手で向かって左側の尻たぶを叩いた。打ち損じて、鈍い音がしたが、痛みは走るのだろう、

「いやあぁぁ！」

綾香がまた叫んだ。

その泣き叫ぶような様子がたまらなかった。それに、スパンキングするたびに、膣がぎゅんと締まって、肉棹を食いしめてくる。

「もう、もう許してください……」

「ダメだ」

修一は右と左の尻たぶをつづけざまに打った。あまり強く打っては痛いだろうと、手加減はした。手加減をしても、パチーンといい音がするように考えながら、

打つ。

「ぁああ、あああああ……許して……もう、許して……」

そう言いながらも、綾香は嫌がらずに、逆にもっととばかりに尻を突き出してくる。

修一は尻ビンタのエネルギーを抽送に変えて、打ち込んでいく。

ぐん、ぐん、ぐんと力強く奥へと届かせると、

「あん、あん、あんっ……ぁああ、いいのぉ」

綾香がよがり声をあげて、シーツを鷲づかみにする。

修一もそろそろフィニッシュが近づいてきていた。

「右手を後ろに……」

言うと、綾香もそうしてほしかったとばかりに、右腕を修一に向かって伸ばしてきた。

修一はその腕をつかんで、引き寄せる。そうして、パン、パン、パンと屹立を打ち据えていく。

衝撃で前に逃げようとする女体を右腕を引っ張ることによって、逃れられなくする。

「ぁああああ、すごい……すごいの……修一さん、イクかもしれない。イッていいですか？」

綾香が許可を求めてきた。

「いいぞ。イッていいぞ。俺も、俺も出そうだ。いいな？」

「はい……ください。あなたが欲しい！」

綾香の言葉が、修一の男心に火を点けた。

右腕を後ろに引っ張りながら、のけぞるようにして、怒張を叩き込んだ。

やはり、バックだと支配しているという感じが強い。そして、屹立の先が何の障害もなく、奥へとすべり込んでいく。

子宮口の扁桃腺のように柔らかなふくらみを捏ねることによって、修一もぐっと性感が高まる。

「おおぅ、綾香、出すぞ！」

「ぁああ、ください……あん、あんっ、あんっ……イキそう。イクわ……いいのね？」

「おう……イケ」

「はい……あん、あん、あんっ……ぁあああ、イキます。イク、イク、イッちゃう……！　やぁあああぁぁぁぁぁぁぁ！」

綾香が甲高い声をあげて、がくん、がくんと躍りあがった。

（今だ……！）

止めとばかりに深いところに打ち込んだとき、修一も至福に押しあげられる。

「おおー、ぁおおっ……！」

吼《ほ》えながら、放っていた。

綾香のなかに射精したのは、いつ以来だろう？

いったん止んだと思った射精がまたはじまって、とんでもない量が綾香の体内に放たれる。

打ち終えたときは、自分がもぬけの殻になったようで、修一はがっくりと背中に覆いかぶさっていった。

第二章　疑惑のベッドシーン

1

半年後、修一はオフィスの大型モニターで、今日撮影したばかりのデジタル映像のラッシュ、つまり未編集画像を見ていた。

パソコンにつながれた大型モニターでは、沢渡綾香が二階堂卓弥と艶めかしいベッドシーンを演じている。

もちろん、これは演技である。それなのに、キスから乳房の愛撫へと移っていく二階堂の手順や態度は、お互い気心が知れたカップルのようになめらかである。

画像では、綾香は二階堂に乳首を吸われて、

「あんっ……!」

と喘ぐ、その様子はまさに迫真の演技だった。

(いや、これは演技ではないのではないか?　本当に肉体が感じてしまっているのではないか?)

そんな気さえしてくる。

沢渡綾香主演で相手役を二階堂卓弥が演じる、四谷修一監督のラブサスペンス作品がクライクインして一カ月が経過する。二カ月でクランクアップの予定だから、撮影もちょうど半ばというところか。

今思っても、プロデューサーの鵜飼はこの危なっかしい作品をよく製作までこぎつけたと感心する。

鵜飼は沢渡綾香の大ファンらしいから、おそらく、かつてのアイドルを自分の手で復活させたいという一心だったのだろう。彼の努力が実を結ぼうとしているわけで、鵜飼にはいくら礼を言っても言い足りないくらいだ。

しかし、それにしても、この二人のからみのシーンから滲んでくる雰囲気はどこから来るのか?

そもそも、このシーンはお互いに連れ合いがいるという状況で、惹かれあい、いけないことだとは知りつつも、ダブル不倫を冒してしまう、その最初のベッドシーンである。

本来なら、もっとおずおずとお互いに触手を伸ばし、慎重にさぐりあいながらも、徐々に高まっていくそのプロセスが欲しい。

だが、これでは、すでに何度も身体を重ねた男女のような馴れ馴れしさが出てしまっている。

(ダメだな、これでは……あんなに演技指導したのに、これだ……撮り直すか？しかし、それだと、また二人にベッドでからませることになる。さて、どうするか？)

考えている間にも、巨大モニターのなかでは、上になった二階堂が腰をつかい、それに応えた綾香が「あっ、あっ、あん……」と喘ぎながら、高まっていく姿が映し出されている。

もちろん、二人とも前張りを貼っているし、実際に挿入しているわけではない。

(しかし、このリアルな迫力は何だ？　これはかつてセックスを経験した男女だからこそ出る親密さではないのか？)

綾香は何度も、あのときは確かに彼の部屋に行ったが、断りきれなくてついていっただけで、キスをされて、危機感を抱き、すぐに部屋から逃げ出した。そのシーンを写真週刊誌に撮られたのだと弁明していた。

(あれはウソなのではないか？　本当は部屋でセックスをしたのではないか？その後、写真週刊誌にすっぱ抜かれて、お互いのプロダクションの意向もあって関係を断ち切られた。そうこうしているうちに、俺と肉体関係ができ、二人の間も完全に消滅した……)

もちろん、これはたんなる憶測でしかない。二人がベッドシーンが上手かったというだけの単純なことかもしれない。

しかし、不思議なのは、さっきからズボンの股間をイチモツが突きあげていることだ。

今も、モニターの大画面では、四つん這いになった綾香を、二階堂が後ろから犯している。もちろん、結合部は見えないように隠しているし、カメラのアングルも工夫している。それに、実際に挿入しているわけではない。

なのに、綾香はシーツを握りしめ、たわわな乳房をぶらん、ぶらんと揺らせて、今にも泣き出さんばかりの顔で悦楽を噛みしめている。

それを見ているうちに、股間のものは完全にいきりたった。

るとはな……）
（綾香、きれいだ。いやらしいぞ……お前がこれほどに映像でのセックスが映えるとはな……）

気づいたとき、修一はズボンのバックルを外し、ベルトをゆるめて、ブリーフのなかのイチモツを握りしめていた。

しごこうとしたとき、折り悪く事務所のインターフォンがピンポーンと鳴った。

修一はハッとして、右手をズボンから出し、ジッパーをあげた。インターフォンを押すと、小さな画面に若い女の姿が映っていた。

（大島美南《おおしまみなみ》じゃないか……！）

美南は二十三歳の女優で、今回の作品のキャストとして使っている。

彼女も元アイドルグループから独立したタレントで、さっぱりした性格と気取らない庶民的なところが受けて、独立組としては成功していた。

修一の好きな女優だったが、今回使っているのは、プロデューサーの鵜飼の強い推薦があったからだ。

（美南がどうしてここへ？）

疑問に思いつつも、応答する。

『すみません。監督がまだ事務所にいらっしゃるとうかがったので、押しかけてきちゃいました。監督、わたし演技で悩んでいて、相談に乗っていただけませんか?』

美南が真剣な顔で言う。

違和感を抱いたが、せっかく訪ねてきてくれた女優を追い返すわけにはいかないだろう。

「……わかった。待ってくれ。今、開けるから」

修一はラッシュの映像を切って、入口のドアを開けてやる。

ノースリーブのニットのシャツに、短いスカートを穿いた美南が、

「すみません。急に押しかけてきちゃって」

ぶつぶつ言いながら、入ってくる。

さらさらミドルレングスの髪に大きな目、小さいがふっくらとして艶めかしい唇……。

アイドルグループでは、珍しくセクシーさを売りにしていただけあって、普段着でもエロスがむんむんとあふれている。

美南の魅力は、この女なら一発やらせてくれるんじゃないか、と思わせる隙の多さと、くりっとした大きな瞳である。

スタイルはやや小柄で抜群というわけではないが、足はすらりとしているし、胸はちょうどいい大きさでふくらんでいる。

「監督、お作りしましょうか?」

美南が、少なくなった水割りを見て、大きな目を向ける。

「ああ、頼むよ」

「ついでに、わたしのぶんもいいですか?」

「ああ、かまわないよ」

美南が冷蔵庫を開けて、なかのものを物色している。

上体を低くして、明らかにヒップを高く突きあげているので、膝上二十センチのミニスカートがずりあがって、かわいらしいヒップと健康的な二本の太腿の付け根に、白い布地が見えた。

光沢のある純白の基底部……美南のパンティである。

(見せてくれているんだろうな……)

美南なら、意識的にやるだろう。

「いやだ、監督、わたしのおパンツ見たでしょ? たとえ見えてなくても、男の熱い視線は感じるんだから」

そう言って、美南は氷やミネラルウォーターを取り出して、水割りを作る。

以前に、鵜飼に連れられてこの事務所に来たことがあるから、どこに何があるかはだいたいわかっているのだろう。

手早く水割りを作って、ひとつを修一の机の上に置き、もうひとつを自分で抱えるようにして、隣の机の前の椅子に座った。

そして、ゆっくりと足を組む。

ハイヒールを履いた足が交差して、一瞬白い布地が見え、やがて、むっちりとした太腿がかなり際どいところまで見えた。

水割りのグラスを傾けて少量呑んで、

「美味しい……！」

と、瞳を輝かせる。

無邪気を装っているのか、それとも、本来が天真爛漫なのか？　いや、それはないだろう。だが、計算ずくでしているのではない。おそらく、これは天性の媚態のようなものだろう。

アイドルグループ時代から、好きな男性タレントには手が早いことが有名で、美少年系タレントのマネージャーは美南を要注意人物として、タレントに近づけないように徹底マークしていたらしい。

アイドルのくせに性欲が強いタイプの大島美南を、修一は嫌いではなかった。

今、撮っている映画では、綾香と関係ができる二階堂卓弥を横恋慕して、追いまわす敵役を演じている。

自分を変えずにできるせいか、なかなか様になっており、演技としてはほぼ満足できるもので、相談などする理由はないはずだが……。

「何だよ、相談って？　悩みなんてあるとは思えないんだが……」

「わたしだって、ありますよ」

「どこが？　きみにぴったりの役だろ？　いきいきしてるじゃないか。上手くいけば、助演女優賞も狙えるんじゃないか？」

「ええ、ほんとですか？」

「ああ……」

「そうか……だったら、わたしの思い過ごしなのかな？　なんか、わたし、全然二階堂卓弥を誘惑できてない気がして」

「そんなことはないさ」

「でも、卓弥さん、全然わたしになびいてくれてないって言うか……このままじゃあ、わたしバカみたいに映るんじゃないかって。卓弥さん、綾香さんにはすごい愛情のある演技をなさるのに、わたしには冷たいっていうか……」

「しょうがないだろ？　そういう台本なんだから。それでいいんだよ」

「わたし、何か今のままじゃ、ひとりよがりのイタい女でしょ？　もっと見せ場があってもいいんじゃないかって思うんです。たとえば、わたしと卓弥さんのベッドシーンを作っていただくとか……」

そういうことか……。

美南がわざわざここまでやってきた理由がわかった。

「だけど、美南はまだ二十三歳のアイドルだからな。事務所が脱ぐのを許してくれないだろ？」

「もしそういうことになったら、わたしがマネージャーや事務所に認めさせます。わたし、もうアイドルは限界なんです。アイドルを脱皮して、ちゃんとした女優になりたい。そのためには、脱ぐのが手っとり早いでしょ？　それに、大島美南の初脱ぎも映画の売りになるでしょ？」

「まあ、確かに……」

「でしょ？　だったら、濡れ場を演じさせてください」

「ううん、どうだろうな？　わかってると思うが、綾香と二階堂の濡れ場はかなり強烈だからな。きみが対抗してやっても、逆にマイナスになるかもしれない」

「そんなに、強烈なんですか？　二人のシーンは」

「ああ、強烈だね」

「わたし、見てないんです。見せてもらえませんか？」

「それはダメだよ」

「でも、完成したらどうせ見られるじゃないですか？　わたしも役として、お二人のシーンを見ておきたいな。そうしたら、もっと嫉妬に狂った演技ができるかもしれない」

「それはそうだが……」

　修一は考えるときのくせで、顎を手で触りながらいろいろなことを頭に巡らせる。やがて、結論が出た。

「いいだろう。じつは今日撮影したばかりのラッシュを、今も見ていたんだ。見せてやるよ。それでも、自信があるなら考えないこともない」

「わかりました。ぜひ見たいです」

「わかった。待ってろ」

修一はパソコンを操作して、デジタル映像を戻して、二人のベッドシーンから流す。

事務所の壁に設置してある大型のモニター画面に、二人のキスシーンが映し出され、それがベッドシーンへと移っていく。

すぐ隣でモニターを眺めている美南が、頬を赤く染めて、切なそうな吐息をついた。息が乱れはじめ、もじもじしはじめる。

綾香の形のいい乳房があらわになって、それを二階堂がつかんで揉みしだき、乳首に貪りつく。

『あんっ……』と綾香の洩らす声がはっきりとモニターからも流れてきて、それを聞いた美南が食い入るように、見ている。

ここで思わぬことが起こった。修一の股間が頭を擡《もた》げてきたのだ。

自分でもこの現象をどう受け取っていいのかわからないまま、モニターを見つめる。画面では、疑似挿入が行われ、卓弥が激しく腰をつかい、

『んっ、あっ、あんっ……！』

綾香が顔をのけぞらせ、右手の甲を口に当てて、喘ぎはじめる。

2

ラッシュの途中で、修一は美南を見た。

「……これを見て、どうだ？　とても対抗しようとは思わないだろ？」

「ううん、大丈夫。わたしのほうがすごいから、勝てるわ。やらせて……監督、わたしと卓弥さんの濡れ場を入れてください」

「……どうだろうな」

修一は答えをはぐらかす。よほどの必然性がない限り、いまさら、二人のベッドシーンは入れられない。すると、美南が立ちあがって、

「監督こっちに来て……座って」

修一を手招いた。

「いや……」

「ふふっ……監督、おチ×チンをおっ勃っててるくせに。わかるよ、股間がすごくふくらんでる。監督だって、昂奮してるんでしょ？　元アイドルの妻が、モテモテの男優に抱かれるのを見て、昂奮してるんでしょ？　そういう人種がいるっ

て、聞いたことがある。それとも、映像化されたものは何でも客観的に見られるから、純粋にＡＶ見てるみたいに昂奮してるとか？　いいから、座って」

美南に手をつかまれて、椅子に座らされた。

抗う間もなく、ズボンとブリーフを引きおろされ、足先から抜き取られる。

「ほらほら、こんなにビンビンにして……監督、五十九歳だよね？　そうか、今の五十九歳って全然元気なんだ」

美南がいきりたちを握ってくる。

想像以上につるつるで、しなやかな指だった。

その指をからませ、ぎゅっ、ぎゅっと力強くしごきながら、修一を見あげてきた。

「ねえ、わたしのテストをして。それで、合格なら、わたしの濡れ場を考え直してよ」

修一としては、今、猛烈に美南を抱きたい。しかし、だからと言って、それを濡れ場を入れることとの交換条件にはしたくない。

やむを得ず、言った。

「……わかった。きみのテストをしよう……ただし、たとえ合格しても、プロダクションのOKは自分で取るんだぞ」

修一には美南のプロダクションがベッドシーンは絶対に許可しないだろうという確信があった。それだったら、みずから約束を破ったことにはならない。

「いいわ、それで……でも、テストは公平にしてね」

「わかった」

「……ぁあぁ、監督のおチ×チン、どんどん硬くなってくる……それに、すごくいい匂いがする。これが、オスのフェロモンなのね」

修一を見あげて言って、美南は肉棹を指でしごく。

もちろん、美南に手シゴキされているから硬くなる。

だが、それだけではない。目の前の大型モニターには、今も綾香がバックから打ち込まれて、悩ましく喘いでいる姿が映っていて、その喘ぎ声を聞き、しなった背中を見ていると、体の底のほうから嫉妬に似た熱い情欲がうねりあがってきて、イチモツがどんどん力を漲らせるのだ。

美南は上から唾液を一滴、二滴、落として、亀頭部に命中した唾液を舌で巧みに塗り伸ばしていく。

（やはり、達者だな。イーメジ通りだ）

美南はちろちろと舌を躍らせて、鈴口を刺激し、それから、亀頭冠に沿ってぐるっと一周させると、途中まで頰張ってきた。

亀頭部を丸ごと呑み込み、そのすぐ下までの細かい往復を繰り返し、カリに刺激を与える。

イチモツがいっそうギンとしてくると、美南はいったん吐き出して、根元から舐めあげてきた。

裏筋にツーッ、ツーッと舌を走らせ、亀頭冠の真裏を集中的に攻めてくる。

「おおぅ、くっ……！」

湧きあがる快感に、修一は唸った。

こうすれば男が悦ぶという技法を知り尽くしている。おそらく、これまでも何人もの男を相手にしてきて、経験値が高いのだろう。きっと、若いアイドルも食ってきたに違いない。

若い男なら、これだけのフェラチオをされたら、一発でKOされることだろう。

美南は包皮小帯に、ついばむようなキスを浴びせ、さらに、舌の先を反らせるように尖らせて、その先でツンツン突いてくる。

その硬さとぬめりが、尋常でない快感を生む。

それから、美南は顔を横向けた。

上と下のふっくらとした唇で肉棹を挟むようにしてすべらせ、裏筋に舌を躍らせる。そうしながら、ミドルレングスの髪をかきあげて、かわいさとエロさが混ざった表情で見あげてくる。

「気持ちいいよ。美南が心の底から、おチ×チンが好きだってことがわかる。好きだよな？」

確認すると、美南はこくりとうなずいて、かわいく微笑んだ。

それから、裏筋を舐めあげ、上から頬張ってきた。

若いから、フェラチオにも勢いがある。

雁首のすぐ下までの細かいストロークで敏感なカリを攻め立てられると、ジーンとした痺れにも似た快感がうねりあがってくる。

「ぁああ、美南、そこだけされると、感じすぎちゃうよ」

言うと、美南は細かいストロークをやめて、ゆっくりと全身を頬張ってきた。

いきりたつ分身が根元まで隠れて、そこで、美南は「ぐふっ、ぐふっ」と噎《む》せた。

だが、吐き出そうとはせずに、もっとできるとばかりに唇が陰毛に接するまで咥えて、噎せそうになるのを我慢した。

それから、ゆっくりと唇を引きあげていき、途中からまた根元まで含む。

今度はじっくりと、なかで舌をからませてくる。

(舌づかいがさすがだな……)

男根の下側に接している肉片が下側をぐりぐりと擦り、裏筋を刺激する。

美南は見あげてにこっとして、今度はバキュームしてきた。

深く頬張ったまま、チューッと強烈に吸いあげる。

左右の頬がぺっこりと凹んでいて、いかに強くバキュームしているかが伝わってくる。

吸って、また喉を突かれたのだろう、「ぐふっ、ぐふっ」と噎せながらも、浅く咥え直すことはせずにひたすら深く頬張っている。

(負けず嫌いの性格がセックスにも出るんだな)

美南はちらりと見あげて、ストロークに移った。

ゆったりとした速度で大きく、顔を打ち振って、いきりたちを根元から切っ先まで摩擦する。

さらさらの黒髪が揺れて、めくれがった上唇がエロかった。

その下には、ニットを押しあげた胸のふくらみと、深い谷間が見える。

「んっ、んっ、んっ……」

美南は徐々にストロークのピッチをあげていった。

全体を包み込まれるように刺激されると、ゆるやかな快感が徐々にふくれあがってくる。

美南がちらりと見あげて、修一の様子をうかがった。

今だと思ったのだろう、右手を動員して、しなやかな指で肉茎を握り込んできた。根元のほうを強く握って、ぎゅっ、ぎゅっと絞り出すように上下動させる。

そうしながら、それと同じリズムで、

「んっ、んっ、んっ……」

と、亀頭冠を唇で擦ってくる。ここまで来ると、早く膣を味わいたくなった。

「美南、入れたい。いいか？」

打診してみた。

すると、美南はちゅぱっと吐き出して、立ちあがった。

そして、白いニットを頭から抜き取って、さらにスカートも脱いだ。

むちむちとして、若々しい健康的な肉体の大切な部分を、白の刺しゅう付きブラジャーとパンティが隠している。

3

事務所の一角に、パーテーションで区切られた応接間があり、そこには布製カバーのロングソファと一人用の肘掛けソファが置いてある。

このロングソファは背もたれを倒せば、ベッドにもなる。徹夜したスタッフがベッドとして使うことができるようにとソファベッドにしたのだ。

修一はソファの背もたれを倒した。服を脱ぎながら、訊いた。

「美南はどうしたい？　攻めたいか？　それとも、受け身か？」

「最初は攻めたいわ」

「わかった」

修一は全裸でソファベッドに仰向けになる。

すると、美南は立ったまま背中に手をまわして、白いブラジャーを外した。

まろびでてきた乳房のゴム毬のような丸みに驚いた。

健康的に張りつめた乳房はまさにグレープフルーツをふたつくっつけたような

小気味いい球体で、しかも、乳首がツンとせりだしている。

「いやだ、監督の目がいやらしすぎる。もう、エッチなんだから……」

ブリッコ丸出しで言って、わざとらしく胸を手で隠した。それから、

「でも、エッチでないと女性を撮れないですよね」

そう言って、微笑み、美南は白いパンティに手をかけておろし、足踏みするようにして抜き取っていく。

(そうか、剃毛しているのか……いや、脱毛かな)

太腿の付け根のあるべきところに黒いものがなかった。

下腹部はわずかに変色していて、ぷっくりとふくらみ、真ん中に切れ目ができている。

陰毛の永久脱毛をしている芸能人は少なくはない。

しかし、美南のようなムチムチプリンが桃割と呼ぶのが相応しい女性器を持っていることに、修一は少し倒錯した実感を抱いた。

「あらら、小さくなっちゃった。監督、ロリコンじゃないのね？　いいわ。すぐに大きくしてあげる」

そう言って、美南が尻を向ける形でまたがってきた。

半勃起状態のイチモツを静かに頬張ってくる。なかで舌がからんできた。上手だった。

温かい口腔に包まれ、よく動く舌に表面を刺激されて、修一の分身が力を漲らせる実感がある。

そして、修一の目の前には、美南の余分なもののないパイパンの花園があらわな姿を見せている。

とても無垢な感じのする女性器で、陰唇はふっくらとしたピンクでわずかにひろがって、濃いピンクの濡れた粘膜をのぞかせていた。

(とても、数多の男根を受け入れたようには見えないな……いまだに初々しい)

修一は枕替わりにクッションをひとつ頭の下に置いた。

首の角度があがり、これでクンニがしやすくなった。

まったく生々しい匂いはしない。おそらく、美南はこうなることを予想して、シャワーでここを洗い清めてきたのだろう。ソープらしい香りがわずかにする。

左右の肉土手はぷっくりとふくらみ、谷間にせりだしている。

そのせりだした部分を押し広げるように舌を這わせると、

「んっ……!」

美南は頬張ったまま呻き、びくっと尻を震わせた。

修一はつづけざまに谷間の粘膜を舐める。豊潤な体液でぬめる割れ目から、ゼリーのような潤いが滲んできて、ますます舌のすべりがよくなる。

その間、美南は一生懸命に肉棹に唇をかぶせて、上下動させていた。

感じていないわけはないのだから、おそらく快感に負けまいと、必死にご奉仕をしてくれているのだろう。

（ここは、クリ攻めだな）

修一は笹舟形の今は下に位置する突起を、いっぱいに出した舌でぬるりとなぞりあげる。

唾液を載せた肉片が突起を擦りあげていくと、

「んっ……！」

美南は咥えたまま、びくっと震えた。

やはり、クリトリスが最大の性感帯のようだ。

下のほうの突起をつづけて舐めているうちに、それとわかるほどに肥大化して、硬くなってきた。

普通の女性と較べて、陰核の勃起の度合いが大きいように感じる。綾香も勃起するときの膨張度が高いから、そういうところでは一緒だ。

美南は何となく小さな頃からクリトリスをいじって、オナニーしていたような気がする。きっとそのせいで、クリトリスが大きくなったのだろう。

クリトリスは男性の亀頭部と同じ成り立ちだと言うから、ここが大きいほうが感じるに違いない。

(アイドルの大島美南がデカチンならぬ、デカクリの持主とはな……)

誰かにリークしたいような情報だが、それをするのはベッドインした男女の暗黙のルールに反する。

クリトリスを集中的にかわいがった。

包皮を剝き、あらわになった出来のいい肉真珠を舌で上下左右に撥ねると、

「んっ……んんんんんっ……」

美南は頬張りながらも、もどかしそうに腰を振る。

最後にチューーッと思い切り吸い込むと、

「うあっ……いやぁあああ……ぁぁぁあああ、おかしいの……はうぅぅ」

美南が肉棹を吐き出して、がくん、がくんと腰を震わせた。

やはり、クリトリスが相当激烈に感じるらしい。

それに、割れ目はすでに欲しがって、ひくひくとうごめき、大量の蜜をこぼしている。

（ええい、こういうときは……！）

小さな膣口に中指を添えて力を込めると、女の細道が太くて長い中指をぬるぬるっと受け入れて、

「あうっ……！」

美南がくぐもった声をあげて、がくんと顔を撥ねあげた。

とろとろの膣がぎゅ、ぎゅっと中指を締めつけてくる。

（締めつけが強いな……これでは、おチ×チンを挿入したら、あっと言う間にお陀仏だろうな）

かつて、美南と一緒にホテルから出てくるところを撮られた某アイドル男性タレントの顔が浮かんだ。あいつレベルなど、美南にしてみたら意のままに操ることができただろう。

中指を上下に動かして膣を刺激し、同時に親指でクリトリスをくすぐった。

コの字にした中指と親指で、膣とクリトリスを攻める形である。

これは効いた。

「ぁああ、ダメ、ダメ、それ、気持ち良すぎる……おかしくなっちゃう！」

美南がさしせまった声をあげる。

「頬張ってくれ」

命じると、美南は忘れていたという感じで、すぐにいきりたちに唇をかぶせてきた。

そして、うねりあがる快感をぶつけるように、激しく舌をからませ、顔を打ち吸ってストロークをする。

（ぁああ、気持ちいい……最高だ！）

下腹部から立ち昇る愉悦を嚙みしめながら、中指の腹でGスポットを押すように引っかき、親指で陰核を細かく刺激する。

それをつづけていると、美南の身体の震えがどんどん大きくなっていった。

ついには、ストロークはせずにただ頬張るだけになった。

このままつづければ、美南はイクだろう。だが、それでは面白くない。

自分は女に奉仕をするためにセックスをするわけではない。

修一がいきなり指を抜くと、しばらくじっとしていた美南が、

「どうして？」

と、後ろを振り返った。

「イキたい？」

「はい……イキたい。おかしくなりそう」

「じゃあ、自分で動いて、イクんだ。俺は何もしない。さっき言っただろ、最初は攻めたいと」

美南はわかったわとでも言うようにうなずき、ゆっくりと向き直って、下半身にまたがってきた。

向かい合う形なので、そのゴム毬のような乳房と朱い乳首が見える。

足をM字に開いているが、下腹部には一切の恥毛がなく、そのつるっとしているが、ぷっくりとした陰唇のびらびらがはっきりとわかる。

「どう？　少女としているみたいじゃない？」

「オマ×コはね。でも、少女はそんな立派なオッパイを持っていないよ。それに、きみのオマ×コはきれいだけど、すごくいやらしい。きっと、すごく濡れているからだろうな」

「綾香さんとはだいぶ違うでしょうけど、こういうのもたまにはいいんじゃない？」

修一が黙っていると、美南が下を向いて、勃起をつかみ、頭部を濡れ溝に擦りつけた。

それから、ゆっくりと沈み込んでくる。切っ先がとても窮屈なところを押し広げていって、全体が没すると、

「ぁあん……！」

美南は上体をのけぞらせて、眉を八の字に折った。

（いい表情をするな）

挿入しながらも、修一はどこか冷静な目で美南を見ている。セックスだけではなくすべてに関して、冷めた目で見ている。その熱狂しきれない性格が自分を監督たらしめているのだろう。

美南はもう一刻も我慢できないとでも言うように、早速、腰を振りはじめた。

両膝をぺたんとソファについて、腰を前後に打ち振って、ローリングさせる。

その腰づかいがとても淫らだった。

そして、窮屈な若い肉路が侵入者を揉みしだき、その内部のうねりに似たうごめきがたまらない。

「ぁああ、んあぁぁぁ……」

と、美南はもたらされる快感を享受しながら、自分の好みに合わせて、鋭く振ったり、反対にゆったりとしたりして、肉柱を揉みほぐすように動く。

若い女性が湧きあがる快感を貪り食うようなあからさまな腰づかいを、修一はたまらなくエロく感じる。同時にこうも思う。

(カメラの前でも、これができるんだろうか?)

もちろん、四谷修一が撮るのはAVではなく一般映画だから、実際の挿入はできない。それを実際に挿入したように見せるのが難しい。

(美南に本番をやらせたら、あらかさまな姿を見せてくれるだろう。しかし、現場では疑似プレーしかできない。それをこなせるのだろうか?)

美南は後ろに反って、両腕を後ろに突き、M字開脚したあからさまな格好で腰を打ち振る。

(ああ、これはすごいな……!)

目の前には、無垢な花園に赤銅色の肉棹が嵌まり込んで、出たり入ったりする様子が見て取れる。

陰毛が一本も生えていないので、隠すものがまったくなくて、そのすべてが目に飛び込んでくる。

ぐちゅぐちゅと擦れる音とともに、腰が前後に振られて、赤銅色のペニスが桃割のなかに姿を消し、すぐに、根元が出てくる。

そうやって、あらかさまに股を開き、結合部分を見せながら、美南は見られていることが幸せなのという様子で、いっそう大胆に腰を振り、

「あっ……あんっ……あんっ……ぁああ、気持ちいい」

顔を後ろに反らせる。

4

それから、美南はゆっくりと時計回りに動く。

突き刺さっている勃起を軸にして、少しずつまわっていき、ついには真後ろを向いた。

前に手を突いて、ヒップを後ろに突き出すようにしていたが、やがて、ゆっくりと前に屈んでいく。

たわわな胸のふくらみが足に触れるほどに前屈したので、肉感的な尻が目の前にひろがった。

豊かな胸と較べて、尻はこぶりでかわいらしい。

だが、臀部の底に屹立が突き刺さっているのが、まともに見える。

（おいおい、ケツの穴まで丸見えじゃないか）

そう思った瞬間、何かが修一の向こう脛を這っていく。

（この蛞蝓《なめくじ》みたいなぬるっとした感触は何だろう？　ぞくぞくするんだが……）

横から見ると、美南が向こう脛を舐めているのがわかった。

みずから腰を前後に振っているので、身体も移動する。それを利用して、脛に舌を這わせているのだ。

そして、豊潤な唾液を載せた肉片がつるっ、つるるっと脛を走るとき、ぞわぞわっとした戦慄が走り抜けて、それが病み付きになりそうなほど気持ちいい。

（そうか……こんなこともできるんだな。生まれて初めての体験を、まさか、現役アイドルがもたらせてくれるとは……！）

感激している間にも、美南は何度も向こう脛を足首のほうに舐めあげていく。

そうしながら、たわわな乳房を足に擦りつけてくる。

柔らかな胸を感じる。頂上の突起までも感じる。

なめらかな舌が這いあがっていき、修一の片足を曲げさせて、足指を近づけ、親指を舐めてきた。

「あ、くっ……！　おい、それはいいよ」

「どうして？　女の子に足の指を舐めてもらえるんだから、支配欲が満たされるんじゃないの？」

美南が顔を親指に寄せたまま言う。

おそらく過去に、彼女にそういうことを口にした男がいたのだろう。

「まあ、そうだが……シャワーも浴びていないし、汚いんじゃないかと思ってね」

「大丈夫よ。このくらい……」

美南は親指を丁寧に舐め、ついにはフェラチオするように頬張った。何度も往復させてから、ちゅっぱっと吐き出し、少し上体を持ちあげて、腰づかいを激しくしていく。

「ぁあああ、いいの……いい」

尻を後ろに突き出し、前に引く。

それを繰り返してから、完全に上体を立てた。

そして、美南は膝を立てて、蹲踞《そんきょ》の姿勢になり、すとん、すとんと腰を落としてくる。

　これは効いた。

「あっ、くっ……」

「監督、気持ちいい？」

「ああ、気持ちいいよ」

　そう答えると、美南は挿入したままふたたびまわって、前を向いた。

　両手を前に突いて、腰を浮かし、沈ませる。

　そのたびに、ピタン、ピタンと音がして、強靭な腰が上下に動き、蕩けた粘膜が、修一の屹立にかぶさってくる。

「あん、あんっ、あんっ……」

　華やかな声をスタッカートさせる。

　そうしながら、美南は上からじっと修一の様子をうかがっている。

　そのみずからの杭打ちがもたらす効果を推し量っているような目には、余裕さえ浮かんでいる。

　この女は、天性のセックスマニアなのだと感じた。

　たぶん、アイドルよりもＡＶ女優のほうが向いている。この段階でＡＶ女優に転身したら、おそらく爆発的な売り上げを示すだろう。

(そういう意味では、美南に卓弥とのベッドシーンをやらせるのも悪くはないかもしれない。興行収入は明らかに増えるだろう。現役アイドルと元アイドルが人気男優を取り合うという構図もなかなかいい。やらせてみるか……)

修一の心の動きを読んだかのように、美南がキスをしてきた。

前に倒れ、重なり合って、唇を合わせ、貪るように舌を入れてくる。

いったん引いた舌が、今度は唇を舐めてきた。

唾液まみれの舌がゆっくりと唇を這うと、ぞわっとした快感が起こった。

(そうか……美南は舐めるのが得意なんだな。フェラにしても、さっきの膣舐めにしても、このキスも……)

美南はディープキスをしながら腰をくねらせて、イチモツを攻め立てる。

こういう二箇所同時攻めは、意識していないとできないだろう。美南はそれをできるだけのスペックを備えているということだ。

だが、やられっぱなしではいられない。そろそろこちらから攻めたい。

修一は背中と腰を抱き寄せると、下から突きあげてやる。

いきりたったものが、美南の体内を斜め上方に向かって、擦りあげていき、美

南はキスできなくなったのか、唇を離して、

「あんっ、あんっ、あんっ……ぁあああ、気持ちいい。監督のおチ×チン、気持ちいい……ぁああ、もっと、もっと、もっとして！」

さしせまった様子でせがんでくる。

修一は期待に応えて、つづけざまに下から突きあげた。それに、この体勢は自分が上になっているときよりも体力を使わないで済む。

ぐいぐいぐいっと叩き込んでおいて、スローピッチに変えると、

「ぁあああ、いい……ゆっくりも好き……」

そう言って、美南がまたキスをしてしてくる。

修一がふたたび強く速いストロークに切り換えると、

「んっ、んっ、んっ……ぁああ、ダメぇ……気持ちいい。イキそう。監督、わたし、もうイキそう……」

美南が訴えてくる。

（案外、早くイクんだな）

そう思いつつも、修一は耳元でけしかけた。

「いいぞ。イキなさい。いいぞ……いいぞ……」

修一が下から連続して突き入れると、

「あんっ、あんっ、あんっ……！」

美南は甲高い声をあげて、ぎゅっとしがみついてくる。

修一はまだ射精しそうにはない。だから余裕を持って、攻めたてられる。

息を詰めて、たてつづけに突きあげたとき、

「あん、あん、あんっ……イク、イク、イッちゃう……イクよ。イクよ……」

美南がかわいく訴えてくる。

「いいぞ。そうら……イキなさい！」

深く強いストロークを叩き込んだとき、

「イクぅ……やぁあああああぁぁぁぁ……！」

美南は嬌声を噴きあげ、二度、三度と痙攣し、ぐったりと覆いかぶさってきた。

修一はしばらくそのままにしておいて、美南をどかせ、結合を外した。

蜜まみれのイチモツはいまだ力強くいきりたっている。

それを見て、美南がみずからソファベッドに仰向けになった。そして、

「ねえ、監督、来て……もっとしたい」

下からとろんとした瞳を向けてくる。

修一は両膝をすくいあげ、勃起をつかんで膣肉に押し当てた。ぬるっとした窪みに沈み込ませていくと、

「ぁあああ、また来た……ぁああ、すごい。硬いよ。監督のまだカチンカチン……信じられない。強いのね。監督、お強いのね」

美南が下から言う。

（わざとらしいな……こんなこと言われると、かえって女の意図がわかって、男はしらけるんだが……まあ、いい）

修一は両膝の裏をつかんで、開きながら押しあげているから、尻も浮き気味になって膣とペニスの角度がぴったりと合い、それが気持ちいい。

さらに足を押さえつけ、尻の位置をあげさせて、美南に問うた。

「見なさい。何が見える？」

美南が顔を持ちあげ、結合部分に視線をやって、

「ぁあああ、すごい……美南のおマ×マンに監督のおチ×チンが嵌まってる。すごいよ……入ったり、出たりしている。ぁあああ、あんなに深く入れられて……可哀相。美南のおマ×マン、可哀相……」

甘えた声で言う。

「そうか……美南のオマ×コに監督のブッといのが入っているか？」

「はい……ブッといの。監督のチ×コ、ブッといの。ぁあああ、ダメぇ……そんなに強くしたら……あん、あん、ぁあんん……」

美南が両手を開いて、シーツと化しているペルシャ柄の布カバーをつかんだ。それでできた波のような皺が美しくも、悩ましくもある。

つづけざまに叩き込んでいるうちに、さすがに息が切れてきた。

美南は感じてくれているものの、今はまだ気を遣る気配はない。

(困ったな……どうしよう)

困惑したとき、パーテーション越しに、事務所にいまだに流しているラッシュの音声が聞こえてきた。

画像は繰り返しモードにしてあるから、幾度となく濡れ場を繰り返している。

『あん、あんっ、ぁあああ……壊れる。わたし、壊れてしまう』

という綾香の声が聞こえ、

『いいんだ、壊れて……壊してしまえ。きみの人生には護らなくちゃいけないものなんてないだろ？』

二階堂の台詞《せりふ》が流れる。

『そうね、そうなんだわ。わたしには護るべきものがない。ぁああ、もっと、わたしをメチャクチャにして……あんっ、あんっ、あんっ……！』

綾香の真に迫った台詞が聞こえる。

それを耳にした途端に、修一はひどく昂揚した。

「美南、お前のベッドシーンも撮ってやる。撮ってやるから、イケ。俺の前で昇りつめろ。恥をさらせ。何度も何度も恥をさらせ！」

言いながら、修一は美南の足を肩にかけて、ぐいと前に屈んだ。

「ぁあああ、うれしい！　撮ってね、絶対に撮ってね」

「ああ……これでどうだ！」

さらに体重をかけると、美南はつらそうに眉根を寄せて、ベッドに突いた修一の腕にぎゅっとしがみついてくる。

美南の柔軟な裸身は腰から二つに折り曲げられて、今、修一の顔の真下に美南の顔がある。

「きついなら、やめるぞ？」

「ううん、いいの。わたし、これも好き。苦しいのも好き。苦しさが快感に変わっていくところが……来て。監督、出していいよ。ピルを飲んでるから、大丈夫」

美南が下から見あげてくる。

この女は自分の出演シーンを増やすためなら、何でもするに違いない。監督のチ×コをしゃぶるくらい、朝飯前だろう。

それがいやかと言うと、そうではない。むしろ、好ましい。飛び抜けた才能を持つ者は別だが、ちょっとかわいいくらいの女性タレントは枕営業をするくらいのガッツがないと、芸能界では生き残ってはいけない。

修一もフィニッシュしたくなって、上から勃起を叩き込んだ。

真上から落とし込んで、途中からしゃくりあげるようにする。こうすると、男も女も気持ちいい。お互いに快感が高まる。

それに、いまだにモニターから綾香の喘ぎ声が聞こえてきて、それが修一の背中を押すのだ。

「おおぅ、美南、行くぞ。出すぞ」

「はい……ください。美南も、美南もイクよ。イッていいですか?」

そう許可を求める美南を、心からかわいいと思える。

「いいぞ。イッていいぞ。そうら……!」

修一は両足にぐっと体重をかけて、上から打ちおろす。

ぐさっ、ぐさっと勃起が突き刺さり、途中ですくいあげるようにすると、切っ先が膣の天井から奥へと粘膜を擦りあげていき、修一も一気に押しあげられる。

「あっ……あっ……ぁあああ、イクわ、イク、イク、イッちゃう！」

「そうら、イケえ。出すぞ！」

つづけざまに打ち込んだとき、

「イクぅうううううぅぅ……！　あはっ！」

美南が反りかえりながら、カバーを皺ができるほどに握りしめ、がくん、がくんと躍りあがった。

今だとばかりに深いところに沈み込ませたとき、修一も至福に押しあげられた。

すべてを打ち尽くして、修一は結合を外し、すぐ隣にごろんと横になる。ぜいぜいと息が切れていて、それが弱体化した自分をさらしているようで、少し恥ずかしい。

美南はソファベッドから手を伸ばして、センターテーブルに載っていたティッシュを数枚抜き取り、それを股間に当てて、精液をぎゅっと絞り出した。

そこに付着した精液の匂いを嗅いで、

「クチャい……！」

とふざけたように言って、丸めたティッシュをゴミ箱に投げた。それが奇跡的に見事におさまって、

「すごーい。わたし、何だって才能あるんだ。自分が怖い……監督さん、頼みますね、あの件」

念を押して、修一の胸板にちゅっ、ちゅっとキスをした。

第三章　黒い布地の股間

1

「監督、ありがとうございます。大島美南のシーンを増やしていただいて。私も今、彼女を推していますので、大変助かります。ありがとうございます」

創作料理店の個室で、プロデューサーの鵜飼が深々と頭をさげた。

閨《しとね》での約束通りに、美南と二階堂卓弥のベッドシーンを入れることにした。

美南のプロダクションとの最終的な交渉は鵜飼にやってもらった。

どうせ許可は出ないだろうとタカをくくっていたのだが、案に反して、濡れ場のＯＫが出た。事務所もそろそろ美南の脱アイドル化をもくろんでいて、今がそのチャンスであると判断したらしいのだ。

ヌードももちろん許可が出たが、さすがに乳首だけは出さないでくれということだった。

脚本家に今、そのシーンを書いてもらっている。間もなく、二人のベッドシーンが撮れるだろう。

「大島美南は本性を出したほうが女優としての存在感が増すはずだ。あの子はもともとスケベだからね。そのへんは鵜飼さんもすでに実体験でわかっているだろうけど……」

鎌をかけてみた。

すると、鵜飼は滅相もないとばかりに手を左右に振って、

「いえいえ、私はこれまでタレントには一切手を出したことはありません。じつは、大島美南にも誘われたことはあるんですが、きっぱりお断りいたしました。ですので、彼女には指一本触れていません」

どうやら、鵜飼の言葉にウソはないようだった。

「そうか……まさにプロデューサーの鑑だな」

「いえ、そうしないと、厄介なことに巻き込まれますので。それだけです。私

だって、ちゃんと性欲もあります。いや、きっと人一倍あります。それが怖いんです」

修一は鵜飼という男を見直した。

彼に較べて、自分は何て不埒な男なのだろう。

監督でありながら、沢渡綾香に手を出した。今回は大島美南とも寝てしまった。

(しかし、今、鵜飼は『性欲は人一倍ある』と言っていたな……)

修一はさぐりを入れることにした。

「あんたは、アレだろ？　俺の妻の沢渡綾香のファンだと言っていた。今回も綾香を復帰させるための企画だと。本当は沢渡綾香を抱きたいんだろ？　違うか？」

「いえいえ、そんな……私は純粋なファンでして、だから……」

鵜飼が口ごもった。

「大丈夫だ。正直に言えよ。正直者じゃないと、俺は信用しない。どうなんだ？　それとも、あれか……綾香が歳をとったから、もうあれが勃たないとか？」

罠をかけてみた。すると、鵜飼がまんまと引っかかった。

「そんな！　この前も申したように、綾香さんは今がいちばん色気があります。

勃たないなんて、あり得ない。現に、私は綾香さんのＳＮＳの写真や動画を見て、オナニーしています……あっ、すみません。聞かなかったことにしてくださ
い！」

「いいんだ。それでいい……ますます気に入ったよ」

修一はちょっと考えて言った。

「……どうだ、今度、綾香を抱いてみないか？」

鵜飼は何を言われているのか理解できない様子で、ぽかんとしていた。

「じつは、俺は今、綾香に対して微妙な気持ちなんだ」

「……微妙ですか？」

「ああ……綾香は、いくら役の上だとしても、二階堂と仲が良すぎないか？」

「でも、それはやはり、ずっと同じ空間にいるわけですし……役柄上でも相手に惚れないとできない役ですし……」

「俺はそれだけではないと思う。やはり、二人は昔にできていたんだと思う。それが今、抑えられなくなっている。そう思わないか？」

「……違うと思います。綾香さんは監督を大好きですし……今更、二階堂をというのはないと思います。それに、きっと昔も二人はしていないと思います」

「やけに、綾香をかばうんだな」

「それは……ファンですから」

「もう一度言うぞ。俺の公認のもとで、お前の憧れのアイドルを抱くんだ」

「私ごときに許されることではありません。それに、正直言って、私は監督の真意がわかりません。愛する妻を他の男に抱かせるなんて、悪趣味としか思えません」

鵜飼がきっぱり言ったので、驚いた。しかし、そういうことを言われると、逆に依怙地になるのが、四谷修一である。

「じゃあ、こうしようじゃないか？　仮にだぞ、仮に妻がお前との3Pを認めたら、お前も参加しろ。大ファンの沢渡綾香にそうしたいと言われて、断るなんて、ファンがすることじゃない。そうだよな？」

「……そのときは、そのときにまた……」

「少しは前進したな。まあ、いい……今夜はご馳走になる。呑めよ」

修一が温燗の徳利を差し出すと、

「ちょうだいいたします」

鵜飼が恐縮して杯をつかんで持ちあげる。

注ぐと、鵜飼が今度は、

「ありがとうございました」

と、修一の杯を日本酒で満たしてくる。

修一は杯を持って、ぐいと空ける。

美味しい。最近はフルーティーとか言って、女子供向けのあっさりした日本酒が流行っているが、本来の日本酒はこのくらいのコシの強さが欲しい。

さっきの突拍子もない提案をしたことに、後悔がないとは言えない。

しかし、我ながらいい考えではあるとも思う。

鵜飼にはいずれ礼をしなければと思っていた。それに、綾香は今、自分では気づいていないのかもしれないが、二階堂に接近しすぎている。

それを戒めて、冷静にならせるには、こういう方法もある。

それに……修一自身がそういう倒錯的な欲望があることに、はっきりと気づきはじめていた。

鵜飼にはああ言ったものの、修一はその件をなかなか妻に切り出せないでいた。

そうこうするうちに、新シーンの脚本ができあがり、一週間後、修一は二階堂卓弥と大島美南の濡れ場を撮った。

美南は卓弥を綾香から奪い取るために、半ば脅して、路地でキスをし、股間をさすり、そして、ビルの壁に凭《もた》れかかっている卓弥のズボンをおろし、強引にフェラチオをする。

巧みな口唇愛撫によって、卓弥は意志を打ち砕かれて、その後、近くのラブホテルで一戦を交える。

小悪魔を演じる美南は、水を得た魚のように生き生きとして、その場にいたスタッフ全員がそのあまりの役のはまり方に唸ったほどだ。

修一はデジタル画像をコピーしたラッシュを家に持ち返った。じっくりと見てみたかったからだ。

2

家の仕事部屋で夢中になって見ていると、人の気配がする。

ハッとして振り返ると、いつの間にかドアが開けられて、そこにスリップタイプのネグリジェ姿の綾香が立っていた。

「綾香……びっくりさせるなよ。見てたのか？」

「ええ……だいぶ前から。二人のベッドシーンが気になっていたので」

綾香が近づいてきた。

モニター画面には、美南が卓弥の上になって奔放に腰をつかうそのシーンが流れていた。

『ぁああ、あああ、いちばんなの。あなたがいちばんなの……わたし、あなたを放さない』

美南の悩ましい喘ぎ声と台詞が聞こえてくる。

それを見ていた綾香の顔が険しくなった。

全身から怒りというか、嫉妬に狂った女の激情があふれだしている。

「嫉妬しているのか？」

「……それはまあ……わたしの役ではそうなるわね」

「役だけか？」

「どういうこと？」

「お前、現実でも二階堂卓弥のことが好きなんだろ?」

「バカなことは言わないで! どうしていつもそうなの?」

「見ていてわかるんだよ。お前らが昔の良き時代を取り戻しつつあるのを。焼け棒杭《ぼっくい》に火がついたんだろ? そうだろ? そうだろ?」

「違います。そうではなくて、これは役柄上そうだから、少なくともこの撮影期間だけは恋人でいたいのよ。いい映画を撮るためには、普通そうなるでしょ? あなただってもうベテラン監督なんだから、わかるはずよ。いい映画を撮りたくないの? どうして、そんな子供染みたことしか言えないの?」

綾香の鋭い指摘が胸をえぐった。

だが、負けは認めたくない。

「じゃあ、卓弥とのことは役柄上でのことで、ラブの感覚はないんだな?」

「もちろん。ずっとそう言っているでしょ?」

「誰も綾香の本当の心のうちはわからない。今だって、実際に嫉妬していたってことも考えられる」

「そうじゃないの……どうしたらわかってもらえるの?」

「そうだな。俺のをしゃぶってもらおうか」

「今、ここでですか?」

「そうだ。このラッシュはずっとエンドレスで流しておく。その間、綾香は俺のチ×ポをしゃぶれ」

「……わかったわ。したら、信用してもらえるのね?」

「ああ……」

修一は回転椅子のキャスターをすべらせて、少しデスクから離れた。

そこで立ちあがる。

綾香が前にひざまずき、ベルトをゆるめ、ズボンをおろした。修一は足踏みするようにして、ズボンを脱ぐ。

黒いブリーフを穿いていた。その黒い布地の股間がすでに頭を擡げはじめている。

「その前に、ナイティをもろ肌脱ぎにして、上半身だけ裸になってくれないか?」

命じると、綾香はちらりと見あげて、唇を噛んだ。

それから、シルク色のネグリジェを片腕ずつ抜き取って、もろ肌脱ぎになり、あらわになった乳房を手で隠した。

「今更、隠してもしょうがないだろ？　それとも、あれか？　卓弥が本命だから、俺みたいな二番目の男には胸も見られたくないとか？」

意識的に憎まれ口を叩くと、温厚な綾香もさすがに怒ったのだろう。きりきりと険しい目で修一を見た。

「何だ、その顔は？　いいから、しゃぶれよ。冤罪を証明しろよ」

綾香は目を伏せて、いきりたつものをかるく握った。具合を確かめるようにゆっくりと手指でしごき、それがいっそう硬くなると、唇を窄めて、ちゅっ、ちゅっと頭部にキスしてきた。

その繊細なキスが、綾香という女の持つやさしさを伝えてくる。

(俺のように映画を撮るだけしか能のない幼稚な男に、こんなに尽くしてくれる。俺にはできすぎの女だ)

綾香はキスをやめて、代わりに舐めてくる。

いっぱいに溜めた唾液を塗り込めるように、舌をつかい、舌先を真裏に押し当てた。

裏筋の発着点を正確に舌先でとらえ、ちろちろと横に振った。

それから、上下に舐め、それが終わると、指先を当てて、くるくるとまわすようにマッサージする。

包皮小帯を指先で刺激しながら、亀頭部の丸みにももう一方の手指を添えて、鈴口を中心にさすられる。

それをつづけられると、居ても立ってもいられないような掻痒感《そうよう》がふくらんできた。

「ぁああ、ダメだ。焦らさないで、咥えてくれ。頼むよ」

思わず言うと、綾香は指を離して、唇をかぶせてきた。

一気に根元まで頬張り、その状態で舌をねろねろとからめてくる。

からめながら吸われると、自分のイチモツが一段と大きくふくらんでいくのがわかる。

モニターのエンドレスに流れる映像が、また、美南が上になって腰をつかうシーンになって、

『ぁあああ、あああ……いい。あなたはわたしだけのものよ。もう、絶対にあの女には渡さない』

美南の鬼気せまる台詞が流れて、それを耳にした綾香の動きに俄然拍車がかかった。

「んっ、んっ、んっ……！」

大きく顔を打ち振って、屹立に唇をすべらせる。

長いストロークなのに、動きも速い。

対抗意識がそうさせるのだろう。いつもより、激しく情熱的だ。

「ぁあああ、綾香……気持ちいいよ」

思わず言うと、綾香は頬張ったまま見あげてきた。セミロングのウエーブヘアをかきあげて、上目遣いに修一を見る。その顔がたまらなく愛らしく、美しく、いやらしかった。

(俺は元アイドルで、自分に尽くしてくれる女性と結婚している。きっと、世の男性の多くは俺を羨ましいと感じているだろう。実際に、綾香ほどいい女はいない。なのに、俺はいったい何を求めているのか？　何が不満なのか？)

綾香の首振りのピッチがあがり、いったん肉棹を吐き出した。

それから、ぐっと姿勢を低くして、皺袋から裏筋にかけて舐めあげてくる。

幾度となく裏筋に舌を這わせると、今度は根元を握った。

ゆったりとしごきながら、修一を見あげてきた。

ウエーブヘアをかきあげ、艶めかしい表情で目を合わせてくる。

普段は穏やかな目をしているのに、今は艶めかしく、小悪魔のようだ。

それでも、目尻に浮かぶ笑みがやさしさと慈愛に満ちていて、男性を包み込んでくれる。

（いい女だ。やはりこれ以上の女はいない）

修一はいつも思うことをまた思った。

綾香は上から唾液を落とし、指をつかって亀頭冠に塗り込んでくる。

と、潤滑剤の役目をする唾液でちゅるり、ちゅるりと指がすべって、ジーンと痺れるような快感がうねりあがってきた。

「ぁああ、たまらない。また咥えてみてくれないか？　頼みます」

修一は懇願していた。

すると、その言葉を待っていたとでも言うように、綾香が再び唇をかぶせてきた。

途中まで頰張り、そこで強めに舌をからませる。

それから、ゆっくりとすべらせる。

今は口だけが動いていて、指はじっとしている。

柔らかな唇が適度な圧迫感でもって、カリの突出部と窪みにからみついてきて、そこがすごく気持ちいい。

（ああ、俺は愛されている。俺ほど幸せな男はいない）

肉体的な充溢感とともに、心も満たされていく。

と、手指の動きが加わった。

綾香は包皮を押しさげるときは、反対に唇を引きあげる。そして、包皮を押しあげるときは、唇を引きおろす。

ギンギンになった分身が反対の力で伸び縮みしていく感じで、その強い刺激が心地よい。

「ああ、ダメだ。綾香、ベッドに行こう」

言うと、綾香はちゅるっと肉棹を吐き出して、訊いてくる。

「ラッシュのほうはもういいんですか？」

「ああ、もういい。今は余計をことを考えないで、綾香のことだけ考えたい」

すると、綾香はにこっとして、修一の手をつかんで立たせた。

3

修一は夫婦のベッドに、全裸で大の字に寝た。

すると、綾香はベッドの脇でネグリジェを脱ぐ。同じ色のシルバーのハイレグパンティがすらりとした美脚をいっそうすらりと見せている。

綾香はたわわな乳房を片手で覆って、ベッドにあがった。

そして、修一に覆いかぶさるように、胸板にキスを浴びせてきた。

ちゅっ、ちゅっと胸板から乳首にかけて、キスの雨を降らせる。その唇が下半身にも降りていって、半勃起している肉柱にもキスをする。

それがぐんと力を漲らせると、綾香は握ってきた。

ゆったりとしごき、強弱をつけて握り込みながら、胸板を舐めてくる。

つるっとした舌が肌を這うと、ぞわぞわっとした戦慄が流れ、手のひらのなかのイチモツがビクンと頭を振る。

すると、それを感じたのか、綾香は顔をあげて、にこっとし、その躍動に応えるようにイチモツを強めに握りしごいてくる。

「わかったでしょ？　わたしはいつもあなたのことしか考えていないの。この映画を成功させないと、あなたは終わる。わたしも何を言われるかわからない。だから、頑張っているの。妙な勘繰りはしないで」

「わかったよ。俺が悪かった」

「いい映画撮ってくださいね」

「ああ……」

綾香が胸板に顔を伏せて、乳首を舐めてきた。

小豆大の黒ずんだ乳首を、細く赤い女の舌が這って、そのたびにぞくりとした快感が生まれる。

「綾香、お前の乳首を吸いたい」

気持ちを伝えると、綾香は這うような姿勢でぐっと乳房を差し出してくる。

目の前に、二つのたわわな乳房と奇跡的にピンクに色づく乳首があった。

「どちらを吸いたいの？」

綾香が母親のような目で、修一を見た。

「こっち……向かって右だ。こっちのほうが、綾香は感じる」

言うと、綾香ははにかみながら、向かって右側のふくらみを押しつけてくる。

修一はそちら側の乳房をつかみ、モミモミしながら、先端にちゅっ、ちゅっとキスをする。かるく口に含んだだけで、

「んっ……！」

綾香ががくんと頭をあげて、のけぞった。

「おいおい、すごく感じるじゃないか……」

「だって……」

「卓弥との二度の濡れ場で、身体がその気になっているんだろうな。大丈夫。怒っているんじゃない。それはそれで、とても大切なことだと思うから。いいんだ。感じて……俺の前では抑えなくていい。解き放つんだ。わかったな？」

「はい……ぁあああん、そこ……あっ、あっ……ぁああ、気持ちいい……」

乳首を立てつづけに吸ううちに、綾香が心から感じているという声をあげて、顎をせりあげる。

「キスしようか」

「はい……」

綾香は上から唇をかぶせて、舌をからませてくる。その間、修一も舌をとらえて、乳首を指で捏《こ》ねてやる。

すると、綾香の裸身がくねりはじめ、ついには、

「ぁああ、ゴメンなさい。キスできない。しゃぶって……わたしの乳首を舐めてください」

キスをみずからやめて、哀訴してくる。

「しょうがないやつだな。ほら、胸を近づけて」

綾香が今度は向かって左側の乳房を押しつけてきた。

上方の斜面を下側の充実したふくらみが支える形のたわわな乳房は、光一に授乳をしても一切の崩れなく、凜と張りつめている。

近づいてきた乳首は透きとおるようなピンクで、乳肌も薄く張りつめて、青い血管が浮き出ている。この皮膚の薄さが男を狂わせるのだ。

突起を舌で転がし、吸う。吐き出して、上下左右に舌で撥ねる。そうしながら、もう片方の乳房を揉みしだく。つづけていくと、

「ぁああああ……ぁあああああ、もう、もうダメっ……」

綾香はそう口走って、裸身をよじる。

見ると、ヒップが物欲しそうに揺れていた。

「そんなに欲しいのか？」

「はい、これが欲しい！」

綾香が珍しく自分から屹立を握って、しごいてくる。

「じゃあ、自分で入れろ。上になって」

「はい……」

綾香が下半身をまたいで、いきりたつものを握り、それを濡れ溝に擦りつけた。

(こんなに濡らして……!)

綾香の雌花はこちらが驚くほどにぬるぬるで、そこに亀頭部を擦りつけては、

「ぁあああ、ぁあああ、いいのよぉ」

綾香が淫らな声をあげた。

「入れろよ」

「はい……」

綾香が沈み込んできた。

足を大きく開いているので、漆黒の翳りの底に自分のイチモツが埋まり込んでいくさまがはっきりと見える。

赤銅色の肉柱が根元までおさまりきると、

「ぁあああ、いい……あなたの大きい! はうぅぅ」

綾香はのけぞりながら、がくん、がくんと躍りあがった。

同時に、膣の粘膜もひくひくっと痙攣して、その締めつけがはっきりとわかる。

それほどに、綾香の体内は力強く食いしめてくる。

膣の伸縮を感じて、修一はそれを歯を食いしばって耐えた。

すぐに、綾香が動きはじめた。

両膝をぺたんとベッドにつけて、右手を前に、左手を後ろに置いて、ほぼ垂直の姿勢で腰を前後に打ち振る。

そのたびに、窮屈な肉の道に屹立が擦りつけられ、それがいいのか、

「ぁああ……ぁああああ、いい……あなたのおチ×チンがわたしのなかをぐりぐりしてくる。ぁああ、止まらない。勝手に腰が動く……ぁああ、いや、いや……見ないで。恥ずかしいわたしを見ないで……」

綾香が口走る。

「いやらしい女だ。好色だな、お前は。結局は、大島美南と同じだ」

「……わたしは彼女とは違うわ。あなた、まさか美南ちゃんに枕営業されたんじゃないでしょうね？」

綾香が一瞬素に戻って言う。

「バカなことを言うな。俺はしていない」

後ろめたさを振り払おうと、修一はがしっと綾香を抱き寄せて、力の限りに腰をつかった。

いきりたつものが妻の体内を激しくうがち、

「あん、あんっ、あんっ……！」

綾香の洩らす喘ぎが変わった。

「そうら……感じてるな？　ガンガン突きあげられて、気持ちいいんだろ？　言いなさい！」

「はい……気持ちいい。あなたに突かれると、気持ちいい」

修一は綾香の胸に潜り込むようにして、乳房にしゃぶりついた。

中心の突起はすでに硬くしこっており、そこを舌で転がし、吸う。

すると、綾香が自分から腰をつかいはじめた。

乳房を預けながら、腰をくいっ、くいっと揺すって、

「ぁあああ……修一さん、気持ちいい」

甘えた声を洩らす。

修一は乳房にしゃぶりつきながら、突きあげた。綾香もそれに呼応して、

「あん、あんっ、あんっ……」

と、甲高い声をあげて、ぎゅっとしがみついてきた。

修一はもっと攻めたくなって、結合を外し、綾香を仰向けに寝かせる。

髪をかきあげて、首すじにキスをする。

そのまま、肩へとキスをおろし、鎖骨を舐めた。

浮き出た鎖骨に沿って舌を走らせると、

「ぁあああ、ぞくぞくする」

綾香が顔をのけぞらせる。

修一はそのまま舌をおろしていき、乳房のふくらみをとらえた。硬くしこっている乳首を舐め転がすと、綾香は気持ち良さそうに喘ぐ。

修一はそこから一気に足を開かせて、翳りの底に貪りついた。

淫蜜でぐちゃぐちゃになっている割れ目を舐めあげると、

「ぁあああうぅぅ……！」

綾香は艶めかしい声をあげて、下腹部をせりあげる。

寸前までイチモツを受け入れていた膣はとろとろに蕩けていて、舐めていても、ねっとりとからみついてくる。

そして、上方の肉芽はすでに肥大化しており、その包皮を剝くと、大きな肉真珠がまろびでてきた。

綾香のここはとても感受性が強い。

舌先で上下になぞり、それから、舌先で素早く左右に叩く。

「あっ、あっ、あっ……ぁあああぁぁぁ……」

綾香が下腹部をせりあげてきた。もっと舐めて、とばかりに擦りつけてくる。蜜を塗りつけるように陰核をかわいがりつづけると、綾香の足が突っ張ってきた。そして、

「あなた、ちょうだい。欲しい。あなたが欲しい。お願いします」

挿入をねだってくる。

4

修一はいきりたつものを導いて、慎重に沈ませる。切っ先が熱い膣肉を押し広げていく確かな感触があって、

「ぁああ……いい！」

綾香がとっさにシーツを握りしめた。

何かを握っていないと、自分がどこかに飛んでいってしまいそうで怖いのだ。浮遊感があるほどに気持ちいいということだ。

修一は膝を放して、覆いかぶさっていく。

綾香の額にかかっているウエーブヘアをかきあげて、じっと上から見る。

綾香がきらきらした瞳で見あげてくる。

二人の視線が溶け合って、修一は至福を感じた。

（ああ、俺は綾香が好きだ！　心から惚れている！）

そんな気持ちを込めて唇を寄せると、綾香もそれに応えて、二人は唇を合わせる。

肉びらと同じでふっくらとした唇をツーッ、ツーッと横に払うように舐めた。

それから、舌を押し込んでいくと、綾香も舌をからませてくる。

いつの間にか、綾香の腕が修一の頭部を引き寄せている。

そうやって、ぎゅっとしがみつくようにしながら、綾香は唾液の載った舌を情熱的にからませ、吸う。

至福の彼方に溶けていくような感覚のなかで、修一は腰をつかう。

ぐい、ぐい、ぐいっと屹立を押し込んでいくと、まったりとした粘膜が行き来を阻止しようとでもするようにまとわりついてきて、

「んっ、んっ、んっ……」

奥に届かせるたびに綾香は呻いていたが、やがて、キスしていられなくなった

のか、綾香は顔をのけぞらせて、

「あっ……あっ……あんん！」

と、喘いだ。

「綾香、両手を頭の上まであげて。そうだ、右手で左手首を持ちなさい」

命じると、綾香は言われたように両手を頭上でつなぎ、恥ずかしそうに顔をそむけた。

「そのままだぞ」

あらわになった腋窩を、修一は舐める。

ぐいと打ち込んで、その勢いを利用して、腋の下を二の腕にかけて舐めあげていく。

剃毛されたつるっとした腋窩はわずかにザラつきがあって、仄かに汗の甘さを滲ませている。打ち込みながら、そこに舌を這わせると、

「あんっ……！」

綾香が仄白い喉元をさらした。

「ふふっ、汗がしょっぱいな。それに、いつもより腋の香りがいい。たまらんな、綾香の腋は」

「……恥ずかしいわ」

綾香が腋を締めようとする。それをやめさせて、

「お前は、恥ずかしいから感じる。そうだよな？」

修一は腋の下にちゅっ、ちゅっとキスを浴びせる。

「あっ……あっ……」

「そうら、感じてきた。これはどうだ？」

腋窩の窪みから二の腕にかけて、ツーッと舐めあげていく。

綾香が喘ぎ声を長く伸ばした。一瞬にして、きめ細かい肌が粟立つ。

「ぁあああうぅぅ……」

最初はくすぐったがったが、いつの頃からか綾香は腋の下を攻められることが好きになった。

修一はピストンを繰り返しながら、そのときの体の移動を利用して、腋窩を舐める。

そのまま舌をおろしていき、乳房のふくらみに届かせる。

平野から急激にふくらんでいく山のスロープに沿って舌を走らせ、そのまま頂上へと舐めあげる。

頂上には薄いピンクに色づく乳輪がわずかにふくらんでおり、そこから、乳首本体がせりだしている。

そこはすでにしこり勃っていて、舌を這わせると、その硬さが伝わってくる。れろれろっと激しく左右に弾くと、

「あ、あ、あっ……!」

綾香はぐっと胸を突き出して、さしせまった声を放った。

依然として、両腕は頭上にあげたままだ。したがって、無防備にさらされた腋の下や乳房がいっそう強調され、そのマゾ的なポーズにかきたてられてしまう。

修一は左右の乳首を舐めてから、顔をあげた。

そして、向かって右側の乳房をぐいぐいと揉みしだきながら、腰を打ち据える。

ズンッ、ズンッとイチモツが入り込み、その衝撃で乳房を揺らしながらも、綾香は両腕をあげつづけている。

強烈に打ちつけると、

「あんっ……!」

綾香は大きな声をあげてしまい、それを恥じたのか、頭上の手をつないだまま口に持っていって、声をふさいだ。

修一がつづけざまにストロークすると、綾香は乳房をぶるん、ぶるんと縦揺れさせながら、

「んっ……んっ……んっ……」

必死に声を押し殺す。

「ダメだ。それでは顔が見えない。俺は、綾香の感じているときの顔が見たいんだよ。手を頭の上に……早く！」

「はい……」

綾香がふたたび両手をあげた。

修一は上体を立てて、綾香の膝をすくいあげる。

膝の裏をつかんで、持ちあげながら、押し広げる。

「ぁああ、これ……！」

むっちりとした足をM字開脚されて、綾香が恥じらった。

「そうら、丸見えだ。よく見えるぞ。綾香のオマ×コに俺のチ×コが突き刺さっているのが……これでどうだ？」

修一は両膝の裏をつかんで、ぐいとひろげながら押しつけて、いきりたちを叩き込んでいく。

漆黒の翳りの底を屹立が出入りして、ぐちゅぐちゅといやらしい音がし、蜜があふれる。とろとろに蕩けた粘膜が行き来する肉棹にからみついてきて、

「あんっ、あんっ、あんっ……ぁあああ、気持ちいい。蕩けていくの。わたし、とろとろに溶けていく」

綾香が心からの声をあげる。

(そうだ。この前の撮影で、卓弥と綾香の側位がよかったな。あれをやってみるか……)

修一はつながったまま、綾香の右足をつかんで、左側へと持っていく。

それにつれて、綾香の身体も左側を向く。

が、いまだに修一の屹立は綾香の膣に突き刺さっている。

綾香は膝を曲げて、横臥していて、その膣を、上体を立てた修一がうがっている格好である。

修一は左足で綾香の右足をまたぐ。すると、挿入がぐっと深くなって、

「ぁああ、これ!」

半身になった綾香が、シーツを握りしめて、眉根を寄せた。

「深く嵌まってるだろ?」

「はい……苦しい。修一さんのおチ×チンが突き破ってくる」

「お前はこの体位が好きだからな。それで、この前の卓弥との濡れ場で、この体位を取らせたんだ。そうしたら、綾香はいい声で鳴いたな。実際には嵌めていないのに、まるでつながっているみたいだった」

「だって……あのシーンはそういうシーンだから」

「そうだよ。だから、この体位を取らせた。綾香は見事にその期待に応えてくれた。だから、褒めているんだ。そのご褒美として、今、同じ体位で嵌めてやっている。気持ちいいだろ？」

修一は大きく腰を振る。

すると、横を向いている綾香の膣に、いつもとは違う角度で分身が当たって、擦りあげ、奥を突き、それが新鮮なのだろう。

「ぁあああ、あうぅぅ……きつい。きついほどに気持ちがいいの……」

綾香がシーツを握りしめて、半身になって訴えてくる。

「お前の尻がそそるよ。この尻が……」

修一は上体を立てる形で、綾香のヒップを撫で、つかんだ。

撫でまわしながら、尻たぶの狭間に肉棹を叩き込んでいく。

「ぁあああ……ぁあああ……すごい、すごい……おかしくなる。わたし、おかしくなる……」

綾香が自分から尻をつかいはじめた。

「このインランが！」

修一はびしっと尻たぶを平手打ちする。

「イタぁ……！」

綾香が絶叫した。

「お前のようなインランは懲らしめないとな……」

右手でぴしっ、ぴしっと上側の尻たぶを叩いた。

尻ビンタされて、綾香は「うあっ……うあっ」と凄絶な声をあげて、びくん、びくんと震える。

だが、心底いやがっているのではない。

綾香は後ろから嵌められながら、スパンキングされるのが好きだ。

さすがに、映画には使えなかったから、それを今、やっている。

尻ビンタするたびに、膣がびくっ、びくんと締まって、勃起を食いしめてくる。

それがまたいいのだ。

だが、修一も心底からのサディストというわけではない。可哀相になってきて、打擲を止めた。

打たれたところの肌がぼーっと赤く染まっている。

しばらくじっとしていると、綾香の尻がもどかしそうに揺れはじめた。

「どうした？」

「お尻が熱いの……燃えてるみたい……」

修一が赤くなっている個所を慈愛を込めて撫でさすると、

「ぁああ、それ、気持ちいい……」

綾香がうっとりして言う。

いい女だと思う。これ以上の女はいないだろう。しかも、四谷修一を愛してくれている。

たまらなくなって、修一は側臥位でつづけざまに打ち込んだ。

「あんっ、あんっ、あんっ……ぁあああああ、修一さん、イキそう……わたし、イッちゃう！」

綾香が半身になって、訴えてくる。

波打つ髪から、今もアイドル時代の面影を残した楚々とした顔が見える。

とのった顔が今は、快楽の到来にゆがんでいる。

「いいぞ。イケよ、そうら……」

連続して叩き込んだとき、

「あんっ、あんっ、あんっ……イクぅ……！」

綾香はのけぞってから、がくん、がくんと躍りあがった。

尻を揺らしながら、膣で屹立を締めつけてくる。

「くっ……！」

修一はぎりぎりのところで射精をこらえた。まだ足りない。もっと追い込みたかった。幾度となくイッてほしかった。

ぐったしている綾香の足をつかんで、元の正常位位置まで持っていく。

すらりとした両足を抱え込むようにして、突き刺していく。

「あん、あん、あん……すごい」

両足を伸ばした綾香が、訴えてくる。

修一は足をおろし、今度は腰に手をまわして、引きあげる。

綾香はブリッジの格好で尻を浮かせている。

この体位なら、修一もフィニッシュできる。

修一は両手で腰をつかみ、引きあげておいて、ぐさっ、ぐさっと屹立を突き刺していく。

すぐに、綾香が反応して、

「あんっ、あんっ……ぁあああ、わたし、また、イッちゃう……！」

下からとろんとした目を向けてくる。

「いいぞ。イッて……俺も出そうだ。出すぞ、いいな？」

「はい……ください」

「よし……おおぅ、締まってくる。綾香のオマ×コがぎゅんぎゅん締まってくる……行くぞ」

「はい……あんっ、あん、あんっ……ぁあああ、イキそう。また、イッちゃう……！」

「いいぞ。そうら、イケぇ！　俺も出す！」

修一は腰をつかんで引き寄せながら、つづけざまに打ち込んだ。

「あんっ、あん、あんっ……！」

綾香はブリッジするみたいに腰を浮かし、乳房をぶるん、ぶるんと波打たせている。

狭くなった肉路がきゅんきゅん締まって、そこにイチモツを抜き差しすると、修一も射精が近くなったのを感じる。

「ああ、出そうだ」

「ああ、来て！　今よ、今！」

「そうら……！」

修一が最後の力を振り絞って深いところに叩き込んだとき、

「イキます……いやぁあああああぁぁぁぁぁぁぁ！」

綾香は嬌声を噴きあげて、シーツを両手で鷲づかみにした。

（よし、今だ！）

止めとばかりに奥に届かせて、引いたとき、修一も熱いものがしぶくのを感じた。

「ぁあああ……！」

あまりの気持ち良さに声をあげながら、放っていた。

綾香も熱い液体が放出されたのを感じたのだろうか、それを搾り取ろうとでもするようにびくん、びくんと膣を収縮させる。

修一はその素晴らしい締めつけを味わいながら、射精の悦びに身を任せた。

放出を終えて、綾香をおろし、すぐ隣にごろんと横になった。

はあはあはあという荒い息づかいがちっとも止まらない。

汗も大量に流れている。

その汗が冷えかける頃になって、綾香がタオルで汗を拭いてくれる。

「悪いな」

「いいのよ……すごく頑張ってくれたから」

汗を拭き終えて、綾香は修一のすぐ隣に横臥して、こちらを向く。

(そうだ。今なら、あの件を切り出してもイケるかもしれない。まあ、かるく様子を見てみるか……)

修一は思い切って、言った。

「今回の映画の功労者は、鵜飼だよな。あいつがすべてをお膳立てしてくれた。それで、あいつにお礼をしたいんだ」

「いいわね。わたしも大賛成よ」

「……鵜飼が沢渡綾香の大ファンだってことは知らせたよな?」

「ええ……ちょっと面はゆいけど」

「この前、あいつが酔っているときに訊いてみたら、白状したよ」

「何をですか？」

「あいつ、お前を抱きたいらしい」

「……本当にそんなことを言ったんですか？　そういうことを口にするような人じゃないと思うけど」

「酔っていたからじゃないか……それで、ついつい本音が出た。この件、考えておいてくれないか？」

「そんな……？　本気で言ってるの？」

「もちろん……、冗談だよ」

修一は笑いではぐらかせた。

「だけど、鵜飼には何らかの形でお礼をしなくちゃな」

「そうね。それは本当にそう思う」

綾香が胸板に顔を乗せてきたので、修一はすべすべの黒髪を撫でた。

第四章　プロダクションの女社長

1

その夜、撮影を終えた修一は、横浜のみなとみらいを眺望できるホテルのバーにいた。

横浜の夜景が見えるバーカウンターの隣には、センスのいいスーツを着た、きりっとした美貌の女性がスツールに腰かけている。

フォーマルな格好をしているのに、スカートにはスリットが入っていて、そこから組んでいる足の太腿がかなり際どいところまで見えてしまっている。

女は香川《かがわ》令意子《れいこ》。

二階堂卓弥が所属する芸能プロダクションの女社長で、その敏腕ぶりはあまねく知れ渡っている。社長と言っても、まだ三十四歳と若い。先代の跡を継いで代表を務めるようになって、三年が経過するが、その間に会社を確実に拡張させている。

若い頃に結婚したが、令意子が社長になって多忙になり、また子供もできなかったこともあって、離婚したと聞いている。

「申し訳ないですね、こんな売れない監督のもとに、社長みずから足を運んでいただいて」

修一はまずはそう牽制する。今日、明日と横浜で撮影するから、今夜はこのホテルに泊まることになっている。

「いえいえ、わたしなど、まだこの業界ではヒヨッコ同然ですし、経歴、実力とも監督にははるかに及びません……今日はお礼に参りました。うちの二階堂卓弥を使っていただいて、心からお礼を申しあげます。ありがとうございます」

令意子が隣の席で深々と頭をさげた。

ストレートロングの黒髪が揺れて、顔を隠す。同時に、ジャケットの前が開いて、タイトフィットのニットに包まれた胸の大きさが如実になった。

やり手の女社長なのに、この謙虚さは何だろう？　おそらく、この誠実な対応が成功の秘訣なのだろう。

「いやいや、二階堂卓弥くんが頑張ってくれているので、こちらは大助かりですよ。彼は今、いい演技をしています。このまま行けば、何らかの賞くらいはとれるんじゃないかな」

きっぱり言うと、

「ありがとうございます」

令意子はもう一度頭をさげた。それから、ストレートロングの髪をかきあげながら、安堵したように言った。

「監督にそうおっしゃっていただけると、こちらもほっとします。二階堂はご存じのように最近は、歌のほうも俳優のほうも今ひとつでしたから」

「二階堂くんも、もう四十三歳ですからね。若さだけで売れる歳ではなくなった。確かな実績が欲しい時期でしょうね」

「はい、おっしゃる通りです。今回は二階堂も俳優生命をかけています」

「その気持ちは演技に出ていますよ、安心してください……ところで、令意子さんは二十年前は何をしていらっしゃいました？」

令意子がもしかして、二十年前の綾香と卓弥とのことを知っているのではないか、と思って訊いた。

「わたしが十四歳ですから、中学生ですね。どこにでもいるような平凡な中学生でしたが、うちは父親がプロダクションの社長をしていたので、芸能人に逢う機会には恵まれていました。当時の二階堂卓弥にも事務所で逢っています。それに、監督の奥さまでいらっしゃる沢渡綾香さんにも、スタジオでお逢いしたことがあります」

令意子の言葉に、修一は俄然興味を惹かれた。

「そうなんですか……じゃあ、あれですか？　二人のスキャンダルもご存じだった？」

「あの、写真週刊誌に写真が載った件ですね。ええ、覚えています。二階堂は当時からうちのタレントでしたし、わたしは綾香さんのファンでもあったので、強く印象に残っています。それに……」

「それに……？」

「いえ、何でもありません」

令意子が言いかけてやめたことを猛烈に知りたくなった。

「今、言いかけたことは何だったんでしょうか？　教えてもらえませんか？」

「いえ……大したことではないので」

その口ぶりから、令意子が二人に関する秘密を知っているのだと思った。

「ダメですか？」

「……ここは本当に眺望が素晴らしいですね。みなとみらいの建物や観覧車、港の明かりが幻想的です。よかったわ。今夜、監督がここに泊まられていて」

令意子が露骨に話題を逸らした。

そうなると、逆に絶対にその秘密を聞きだしたくなる。

だが、今いくら押しても、令意子はもう話さないだろう。二階堂卓弥は自分の事務所のタレントで護らなくてはいけない。それに、綾香は修一の妻である。

彼女が事務所のタレントの醜聞を、外部に洩らすとは思えない。

（どうしたらいい……このままでは、令意子は適当に切りあげて帰るだろう。それを阻止して……そうか、思い出したぞ）

ある人から、香川令意子は申し分ない社長だが、ただひとつ欠点がある。それは、一定以上酒を呑むと、記憶が飛び、自分のしていることを覚えていなくなるほど泥酔してしまう、ということだと聞いたことがある。

101-8405

書籍のご注文は84円
アンケートのみは63円
切手を貼ってください

東京都千代田区神田三崎町2-18-11

二見書房・M&M係行

ご住所 〒

TEL - - Eメール

フリガナ

お名前 (年令 才

※誤送を防止するためアパート・マンション名は詳しくご記入ください。

22.9

愛読者アンケート

1 お買い上げタイトル（　　　　　　　　　　　　　　　　　　）

2 お買い求めの動機は？（複数回答可）

□ この著者のファンだった　□ 内容が面白そうだった
□ タイトルがよかった　□ 装丁（イラスト）がよかった
□ あらすじに惹かれた　□ 引用文・キャッチコピーを読んで
□ 知人にすすめられた
□ 広告を見た　　（新聞、雑誌名：　　　　　　　　　　）
□ 紹介記事を見た（新聞、雑誌名：　　　　　　　　　　）
□ 書店の店頭で　（書店名：　　　　　　　　　　　　　）

3 ご職業

□ 学生 □ 会社員 □ 公務員 □ 農林漁業 □ 医師 □ 教員
□ 工員・店員 □ 主婦 □ 無職 □ フリーター □ 自由業
□ その他（　　　　　　　　　　　　　　　　）

4 この本に対する評価は？

内容：□ 満足 □ やや満足 □ 普通 □ やや不満 □ 不満
定価：□ 満足 □ やや満足 □ 普通 □ やや不満 □ 不満
装丁：□ 満足 □ やや満足 □ 普通 □ やや不満 □ 不満

5 どんなジャンルの小説が読みたいですか？（複数回答可）

□ ロリータ　□ 美少女　□ アイドル　□ 女子高生　□ 女教師
□ 看護婦　□ ＯＬ　□ 人妻　□ 熟女　□ 近親相姦　□ 痴漢
□ レイプ　□ レズ　□ サド・マゾ（ミストレス）□ 調教
□ フェチ　□ スカトロ　□ その他（　　　　　　　　）

6 好きな作家は？（複数回答・他社作家回答可）

（　　　　　　　　　　　　　　　　　　　　　　　　）

7 マドンナメイト文庫、本書の著者、当社に対するご意見、ご感想、メッセージなどをお書きください。

ご協力ありがとうございました

↓ この線で切

●母乳しぼり わいせつミルクママ[22005 720円]
【綾野 馨】(あやの・かおる)
●AI妊活プロジェクト 僕だけのハーレムハウス[22120 720円]
●アイドル姉と女優姉 いきなり秘蜜生活[21161 740円]
●両隣の人妻 母乳若妻と爆乳熟妻の完全奉仕[21050 720円]
●ハーレム・ハウス 熟女家政婦と美少女と僕[20121 719円]
●【連鎖相姦】義母+姉 淫欲のハーレム[20036 719円]
●熟母と隣の未亡人 二人のママと……[19109 694円]
●幼馴染みと純真少女 エッチなおねだり[18157 722円]
●ハーレム下宿 美熟女と美少女と僕[18017 713円]
【鮎川りょう】(あゆかわ・りょう)
●秘湯の巨乳三姉妹 魅惑の極上ボディ[22072 720円]
●田舎の未亡人教師 魅惑の個人レッスン[21126 720円]
【石神 珈琲】(いしがみ・こーひー)
●幼馴染みに無理やり女装させられたら興奮しちゃったんですけど[21086 720円]
【イズミ エゴタ】
●人妻同級生 憧れの誘惑体験[18124 722円]
●ハーレム不動産 美人女子社員だらけの営業所[17184 713円]
【伊吹 泰郎】(いぶき・やすろう)
●男の娘いじり 倒錯の学園祭[22104 720円]
●快楽温泉 秘蜜のふたり旅[22004 720円]
●流転処女 時を超えた初体験[21105 720円]
●クソ生意気な妹がじつは超純情で[21019 720円]
●剣道部の先輩女子 放課後のふたり稽古[20138 719円]
【上田 ながの】(うえだ・ながの)
●女体開発 闇のセックス体験講座[22086 720円]
●巨乳女探偵物語 孤島の秘祭[21144 720円]
【羽後 旭】(うご・あきら)

●奴隷契約 恥辱の女体化
【佐伯 香也子】(さえき・かやこ)
●上流淑女 淫虐のマゾ堕ち調教[21142 720円]
●奴隷花嫁 座敷牢の終身調教[20175 819円]
●秘儀調教 生け贄の見習い巫女[20050 719円]
【桜井 真琴】(さくらい・まこと)
●分校の女教師[22095 720円]
●内閣〈色仕掛け《ハニートラップ》〉担当局[21155 740円]
●灰色の病棟[21061 720円]
●女性社長 出資の代償[21013 740円]
●七人の人妻捜査官[20115 719円]
●人妻 夜の顔[20063 719円]
●下町バイブ[19029 722円]
●人妻 交換いたします[18118 722円]
●彼女の母と…[18043 722円]
【沢渡 豪】(さわたり・ごう)
●清楚アイドル蟻地獄[18001 694円]
【東雲にいな】(しののめ・にいな)
●俺の姪が可愛すぎてツラい[22071 720円]
【鈴川 廉平】(すずかわ・れんぺい)
●孕ませ性活 熟乳ママと悪魔のような少年[21021 720円]
●美母と二人の若叔母を寝取られた僕[19127 694円]
●寝取られ義母 禁断の三角関係[18031 686円]
【澄石 蘭】(すみいし・らん)
●僕専用ハーレム女子寮 ナマイキ美少女に秘蜜の性教育[22070 760円]
【星凛大翔】(せいりん・やまと)
●人妻プール 濡れた甘熟ボディ[22121 720円]
●訪問調教 奥さんと娘姉妹を犯します[22003 720円]

●青春R18きっぷ みちのく女体めぐりの旅[20156 728円]
【露峰 翠】(つゆみね・みどり)
●ときめき文化祭 ガチでヤりまくりの学園性活[21162 720円]
●ときめき修学旅行 ヤりまくりの三泊四日[20122 705円]
【殿井 穂太】(とのい・ほのた)
●処女覚醒 ふしだらな遺伝子[22105 720円]
●少女中毒【父×娘】禁断の姦係[21183 720円]
●痴女の楽園 美少女と美熟母と僕[21004 740円]
●教え子 甘美な地獄[20105 719円]
●妻の娘 獣に堕ちた美少女[20002 705円]
●鬼畜転生 愛娘の秘密[19071 694円]
【成海 光陽】(なるみ・こうよう)
●放課後奴隷市場 略奪された処女妹[20069 705円]
●美少女略奪 放課後奴隷倶楽部[19051 694円]
【葉月 奏太】(はづき・そうた)
●奥さん、丸見えですが…[22124 720円]
●僕の上司は人妻係長[22063 720円]
●誘惑は土曜日の朝に[21194 720円]
●隣室は逢い引き部屋[21121 720円]
●親友の妻は初恋相手[21014 740円]
●私の彼は左向き[20165 719円]
●人妻のボタンを外すとき[20095 719円]
●淫ら奥様 秘密の依頼[20029 694円]
●夢か現か人妻か[19193 694円]
●もうひとりの妻[19119 694円]
●いきなり未亡人[19009 722円]
●人妻 やりたいノート[18135 722円]

↑ この線

→ この線で切り取ってください

取ってください

←この線で切り取ってください

●奥さん、入りますけど。[17197 740円]
●奥さん、透けてますけど。[17113 722円]
【葉原 鉄】(はばら・てつ)
●生意気メスガキに下克上!【22023 720円]
【羽村 優希】(はむら・ゆき)
●氷上の天使 悦虐の美姉妹強制合宿[21124 720円]
●【完堕ち】アイドル養成学校処女科[20104 705円]
●美少女の生下着 バドミントン部の天使[19182 694円]
●鬼畜教室 狙われた清純少女と女教師[18107 722円]
【藤 隆生】(ふじ・りゅうせい)
●M女子学院ゴルフ部巨乳特待生 閉の絶頂レッスン[21106 730円]
●人妻巨乳バレーボーラー 寝取られM化計画[20034 719円]
【深草 潤一】(ふかくさ・じゅんいち)
●嫁の姉 誘惑の夜[18186 694円]
●淫ら義母 乱れる[18101 694円]
●隣りの人妻 誘惑の夜[17178 694円]
●清楚妻 ほんとは好き[17063 694円]
【星 悠輝】(ほし・ゆうき)
●折檻義母とご褒美ママ[19183 694円]
【星名 ヒカリ】(ほしな・ひかり)
●保健の先生がこんなにエッチでいいの?[21182 720円]
●美叔母と少年 夏の極上初体験[20155 705円]
【真崎 好摩】(まさき・こうま)
●僕が寝取った人妻奴隷[19037 694円]
【真島 雄二】(ましま・ゆうじ)
●美人講師と有閑妻 オモチャになった僕[20020 705円]
●三人の美人妻 弄ばれた童貞ペット[18048 686円]
●美人司書と女教師と人妻[16193 686円]
【美里 ユウキ】(みさと・ゆうき)

●おさな妻 禁じられた同棲[22052 720円]
●青い瞳の美少女 禁断の逆転服従人生[21052 720円]
●双子の小さな女王様 禁断のプチSM遊戯[20068 705円]
●隣のおませな少女 ひと夏の冒険[19087 694円]
●禁じられた教育実習 清楚な美少女たちと…[18034 686円]
【柚木 郁人】(ゆずき・いくと)
●美少女変態怪事件[21160 740円]
●奴隷帝国ニッポン 牝奴隷調教機関[20035 719円]
●牝奴隷と牝化奴隷 幼い許嫁の完全調教[18156 694円]
●愛娘譲渡 悪魔の相姦調教[17153 694円]
【吉野 純雄】(よしの・すみお)
●黒髪の媚少女[21181 720円]
【綿引 海】(わたびき・うみ)
●少女の花園 秘密の遊戯[22053 720円]
●なまいきプリンセス 姪っ子とのトキメキ同居生活[21107 720円]
●美少女島 聖なる姉妹幼姦[20173 728円]
●いじめっ娘ペット化計画[20051 719円]
●はいから姉妹 地下の拷問部屋[19148 694円]
【素人投稿編集部】
●素人告白スペシャル 旅で出会った夏熟女たち[22123 720円]
●禁断告白スペシャル 昭和・平成・令和 淫らな出逢い[22106 720円]
●禁断告白スペシャル 背徳の秘習―逆らえない性の掟[22073 720円]
●禁断告白スペシャル 熟年相姦体験[22040 720円]
●素人告白スペシャル 冬のほっこり熟女体験[22006 720円]
●禁断告白スペシャル 感動! 秋の熟女体験[21184 720円]
●禁断告白スペシャル 旅先での熟女体験[21163 720円]
●禁断告白スペシャル 田舎の熟年相姦―背徳の悦び[21145 720円]
●素人告白スペシャル 年の差不倫―背徳の肉悦[21127 720円]
●熟年白書 性…

●相姦体験告白 故郷の性生活[19003 694円]
●人妻白書 禁断の昭和回顧録[18194 694円]
●熟女告白 私が人妻にハマった理由[18158 694円]
●熟女告白 不適切な関係[18085 686円]
●人妻告白スペシャル 初めての衝撃体験[18050 686円]
●激ナマ告白 貞淑妻の淫らな好奇心[17154 686円]
●激ナマ告白 貞淑妻の不適切な交際[17118 686円]
●素人告白スペシャル 禁断の人妻懺悔録[17086 686円]
●相姦告白 田舎のどスケベ熟女[17050 686円]
●激ナマ告白 隣のいやらしい人妻たち[17017 686円]
●相姦白書 禁断の昭和回想録[16195 686円]
●濃厚熟女体験 あの夏の禁断の夜[16123 648円]
●豊満超熟白書[16092 648円]
●女教師 禁断【タブー】体験告白[16059 648円]
●熟妻告白 おいしい不倫[18018 686円]
●人妻告白スペシャル 人に言えない淫らな体験[17185 686円]
【性実話研究会】
●禁断レポート 感じすぎてしまうオンナたち[18177 694円]
●素人告白スペシャル 熟年世代の回春体験[18141 694円]
●熟年相姦 濡れた母の柔肌[18125 694円]
●禁断白書 ハラスメントな奥様たち[18108 694円]
●禁断レポート 痴女妻[18065 686円]
●禁断告白 奪われた母の操[18035 686円]
●相姦白書スペシャル 禁忌に溺れる女たち[18003 713円]
●告白解禁 昭和の淫ら妻の回顧録[17169 686円]
●禁断白書 相姦体験の誘惑[17135 686円]
●告白解禁 熟れごろ奥様のふしだら体験[17104 686円]
●特濃体験告白 年上妻の淫らなひみつ[…]

てください

全国各地の書店にて販売しておりますが、
品切れの際はこの封筒をご利用ください。

安心の直送（冊子小包ほか）が便利です！

●お求めのタイトルを○で囲んでお送りください。代金は商品発送時に請求書を同封いたしますので、専用の振込み用紙にて商品到着後、一週間以内にお支払いください。なお、送料は1冊215円、2冊310円、4冊まで360円。5冊以上は送料サービスいたします。尚、離島・一部地域は追加送料がかかる場合が
いとなる場合がございます。
＊この中に現金は同封しないでください
…の返品・交換には応じかねます。ご了承ください。
…トだけでもけっこうですので、切り離して
…御協力をお願いいたします。
…洩の防止のため、細心の注意を
…う適切に保管しています。

＊書名に○印をつけてご注文ください。
表示価格は本体（税別）です。

↓　この線で切り

↑　のりしろ　↓

●美少女ももいろ遊戯 闇の処女膜オークション[20196 740円]
●女子校生刑事潜入！学園の秘密調教部屋[20070 719円]
●女教師蟻地獄 恥辱の性処理担任[19128 694円]
●ねらわれた女学園 地獄の生贄処女[18193 722円]
【観月 淳一郎】（みづき・じゅんいちろう）
●美姉妹教師と僕 放課後はハーレム[19166 694円]
●人妻シェアハウスは僕のハーレム[17049 686円]
【深山 幽谷】（みやま・ゆうこく）
●母娘奴隷 魔のダブル肛虐調教[21071 773円]
●del女子校生メイド お仕置き館の淫らな奉仕[20120 719円]
●熟女連姦ツアー 魔の奴隷調教[19202 740円]
●奴隷夫人 悦虐の魔境[18123 740円]
●少女矯正学院破魔島分校 双子美少女の奴隷地獄[17103 740円]
【睦月 影郎】（むつき・かげろう）
●未亡人と三姉妹と[22080 720円]
●白衣乱れて 深夜の研究センター[22015 720円]
●双子姉妹 尼僧とシスター[21136 720円]
●みだら終活日記[21029 720円]
●僕が初めてモテた夜[20166 705円]
●深夜の回春部屋[20131 750円]
●母と娘と寝室で[20114 705円]
●伯母の布団[20064 705円]
●夜の卒業式[20046 705円]
●僕と先生 教えてください[20013 694円]
●お嬢さまの、脚は夜ひらく[19211 694円]
●人気女優の秘密[19120 694円]
●月影亭擦淫事件[19097 694円]
●美人教師の欲望[19030 694円]
【諸積 直人】（もろづみ・なおと）

●人妻白書 寝取られ懺悔録[21088 720円]
●衝撃相姦告白 母との肉悦に溺れた夜[21072 720円]
●熟年白書 忘れられない春の熟女体験[21053 720円]
●素人告白スペシャル 相姦不倫—背徳の肉悦[21038 720円]
●素人告白スペシャル 未亡人とシングルマザーの下半身事情[21022 720円]
●素人告白スペシャル 熟女旅[21005 720円]
●熟年白書 衝撃の回春体験[20197 720円]
●激ナマ告白 田舎の人妻たち[20176 728円]
●禁断告白スペシャル 年上の女《ひと》[20157 719円]
●素人告白スペシャル［昭和—平成］想い出の相姦[20141 705円]
●素人告白スペシャル 隣の人妻—夜の淫らな痴態[20123 705円]
●素人投稿スペシャル 禁断の熟妻懺悔録[20106 705円]
●素人告白スペシャル 働く人妻 夜の出勤簿[20087 705円]
●熟年相姦 忘れえぬ母の柔肉[20071 705円]
●素人告白スペシャル 熟妻の不倫懺悔録[20053 705円]
●禁断白書 わたしの衝撃的な初体験[20037 705円]
●激ナマ告白 ヤリたがりの人妻たち[20021 694円]
●禁断の相姦白書 快楽に溺れた淫乱熟女たち[20004 694円]
●禁断レポート イキまくる熟女たち[19203 694円]
●熟年白書 蘇った性春[19184 694円]
●素人告白スペシャル ナイショのお泊まり奥様[19168 694円]
●禁断白書 わたしの衝撃初体験[19149 694円]
●相姦体験告白 禁断のぬかるみにハマった母たち[19129 694円]
●素人告白スペシャル 背徳の人妻懺悔録[19110 694円]
●激ナマ告白 隣の奥様の秘密[19088 694円]
●禁断の相姦白書 禁忌を犯した熟女たち[19072 694円]
●熟年白書 人妻のぬくもり[19053 694円]
●素人告白スペシャル 食べごろ奥様の性生活[19039 694円]
●熟女告白 誰にも言えない痴態[19018 694円]

●禁断告白スペシャル 四…
●禁断ナマ告白 超熟妻たちの性の実態[16176 686円]
●相姦白書スペシャル 母との淫らな思い出[16108 648円]
●禁断の性告白 貞淑妻のゲス不倫体験[16075 648円]
●相姦告白集 熟女との禁断の交わり[16040 648円]
【夕刊フジ】
●私の性体験投稿 濡れた横顔[22088 720円]
●私の性体験投稿 淫らな素顔[21203 720円]
【サンケイスポーツ文化報道部】
●私の性体験手記 教え子の匂い[22055 720円]

↑　この線で

取ってください

● い…
● おね…
【蒼井 …
● 欲情のリ…
● OLたちの…
● 奥さまたちの…
● 人妻合コン 不倫…
● ハメるセールスマン…
● 夜の実践！モテ講座[19158 694円]
● 奥さま限定クリーニング[19049 722円]
● 人妻エアライン[18134 722円]
● 濡れ蜜アフター[17078 694円]
● 誘惑最終便[16118 657円]
● ときめきフライト[16053 686円]
【阿久根 道人】(あくね・どうと)
● 肛悦家庭訪問 淫虐の人妻調教計画[22122 720円]
【朝霧 夢幻】(あさぎり・むげん)
● 奪われた愛妻[19052 694円]
【浅見 馨】(あさみ・かおる)
● 巨乳の姉と[19159 694円]
● 放課後レッスン[19079 694円]
● 白衣の叔母 淫ら巡回[19050 722円]
【あすな ゆう】
● 僕専用レンタル義母 甘美なキャンパスライフ[21037 720円]
● 【熟義母×若叔母】僕のリゾートハーレム[20154 728円]
● 巨乳母と艶尻母 ママたちのご奉仕合戦[20019 694円]
【雨宮 慶】(あまみや・けい)
● 先生は未亡人[22112 720円]
● ガーターベルトをつけた美人官僚《キャリア》[21174 720円]
● 人妻 淫萌え【みだらもえ】[21028 740円]
● 他人妻【ひとづま】[20185 719円]
● 好色な愛人[20080 705円]
● 人妻 背徳のシャワー[20014 705円]
【天羽 漣】(あもう・れん)
● ヨガり妻[19038 694円]
【新井 芳野】(あらい・よしの)
● 生贄アイドル 淫虐の美少女調教計画[22054 720円]
● 生贄四姉妹 パパになって孕ませてください[21125 720円]
● 隣のお姉さんはエッチな家庭教師[21002 720円]
【阿里佐 薫】(ありさ・かおる)

● …声優 深夜のマル秘営業[22038 720円]
● …染み 甘く危険な三角関係[21070 720円]
【… 直彦】(うらじ・なおひこ)
● おねだりブルマ 美少女ハーレム撮影会[22039 720円]
● 【僕専用】義母と叔母のW相姦ハーレム[20194 720円]
● 美少女たちのエッチな好奇心 大人のカラダいじり[20052 705円]
● 妻、処女になる タイムスリップ・ハーレム[19147 694円]
● 小悪魔少女とボクッ娘 おませな好奇心[18175 722円]
【鬼塚 龍騎】(おにづか・りゅうき)
● 新任女教師と音楽女教師 性獣学園の奴隷たち[19002 694円]
【北原 童夢】(きたはら・どうむ)
● 倒錯の淫夢 あるいは黒い誘惑[21036 800円]
● 隻脚の天使 あるいは異形の美[20140 900円]
【桐島 寿人】(きりしま・ひさと)
● ときめきエロ催眠 ぼくのスクールカースト攻略法[21020 720円]
● 三年C組 今からキミたちは僕の性奴隷です[20086 719円]
● 戦隊ヒロイン大ピンチ 聖なる調教の罠[19086 694円]
【霧野 なぐも】(きりの・なぐも)
● 処女の身体に入れ替わった俺は人生バラ色で[22085 720円]
● 嬲りごっこ 闇のいじめっ娘クラブ[21143 720円]
● 綺染みの美少女と身体が入れ替わったから浮気エッチしてみた[21035 740円]
● 未亡人とその娘 孕ませダブル調教[20084 705円]
【霧原 一輝】(きりはら・かずき)
● 一周忌の夜に 和菓子屋の未亡人[22048 720円]
● 義父の後妻[21096 720円]
● 向かいの未亡人[20205 705円]
● ネトラレ妻 夫の前で[20148 705円]
● 回春の桃色下着[20096 719円]
● 人妻女教師 誘惑温泉[19212 694円]
● 家政婦さん、いらっしゃい[19177 694円]
● 愛と欲望の深夜バス[19098 694円]
● 人妻 濡れつづけた一週間[18207 694円]
● 人妻は昼顔夫人[18151 722円]
● 義母にはまって…[18061 694円]
● 嫁の黒下着[18012 694円]
【楠 織】(くすのき・しき)
● 少女のめばえ 禁断の幼蕾[21202 720円]
【小金井 響】(こがねい・ひびき)
● 女体化変態絶頂 闇のイキ果てアイドル[22037 720円]
● 魔改造 淫虐の牝化調教計画[20139 705円]
● 悪魔の治療室 禁断の女体化プログラム…

【…ルヌード・ポーズBOOK】シリーズ
■…田あゆみ ■大槻ひびき ■羽月 希 ●深田ナナ
■東條なつ
●渚 このみ
■美… いぶき
■…木玲
…鈴
…ナ
■MINAMO
■加美杏奈
■…尾あかり
…一花
…ン
…ーズ集
…円
● 喪服の三姉妹 孕ませ絶頂儀式[21069 720円]
【高村 マルス】(たかむら・まるす)
● 昭和美少女 強制下着訪問販売[22103 720円]
● 美少女粘膜開発[21201 720円]
● 美少女コレクター 狙われた幼乳[21087 720円]
● 狙われた幼蕾 背徳の処女淫姦[20085 705円]
● 幼肉審査 美少女の桃尻[19201 694円]
【竹内 けん】(たけうち・けん)
● ぼくをダメにするエッチなお姉さんたち[22087 720円]
● ふたりの同級生と隣のお姉さんが奴隷になった冬休み[21200 720円]
● ナマイキ巨乳優等生 放課後は僕専用肉玩具[21085 720円]
● 超一流のSEX 僕の華麗なセレブ遍歴[21003 720円]
● 浴衣ハーレム 幼なじみとその美姉[20103 705円]
● 修学旅行はハーレム 処女踊り食いの6日間[20003 705円]
● 女教師釣り 放課後の淫蕩ハーレム[19108 694円]
● 僕とお姉さまたちのハーレム卒業旅行[18176 722円]
【橘 真児】(たちばな・しんじ)
● ウチでハメよう[22033 720円]
● 奥まで撮らせて[21081 740円]
● 熟女ワイン酒場[20204 705円]
● 捨てる人妻、拾う人妻[20149 719円]
● 人妻食堂 おかわりどうぞ[20081 719円]
● 人妻の筆下ろし教室[20030 705円]
● あの日抱いた人妻の名前を僕達はまだ…[19194 694円]
● 人妻たちと教師[19138 694円]
● 女生徒たちと先生と[19065 722円]
● 隣のお姉さんと[19008 694円]
● 人妻と官能小説家と…[18167 722円]
【館 淳一】(たて・じゅんいち)
● 叔母の要求[21045 720円]
● 人妻と妹と[19123 694円]
● 美人社長の肉体調査[19080 694円]
● 先生の淫笑[18168 722円]
● 女神のストッキング[18077 800円]
● 清純派アイドル 夜の素顔[18013 694円]
【辻堂 めぐる】(つじどう・めぐる)
● 処女の秘蜜 僕のモテ期襲来！[20174 728円]
● 転生美少女 美術室の秘密[19167 694円]
● 処女の甘い匂い 僕のハーレム黄金時代[18049 686円]
【津村 しおり】(つむら・しおり)

てください

↑ のりしろ

（だとしたら、とにかく呑ませるしかない。そして、べろんべろんに酔わせたところで……）

修一は方針を切り換えた。

令意子が大好きだというアイラウイスキーのボトルを入れるようにバーテンダーにお願いした。

「ああ、それはよしてください」

「いいんですよ。じつは俺もアイラウイスキーは大好物でしてね。とくに、このブランドが。ピーティでスモーキーで、潮の香りがする」

「わたしもそう思います。これがいちばんです。アイラなのにバランスがいい。おそらく、アイラ島の中部に蒸留所があるからだと思います」

「本当にお詳しい……よほどあそこのスコッチが好きとみえる」

「ええ……以前は父が好んで呑んでいて、どうしてこんなものがと思っていたんですよ。それが、いろいろなことを経験するにつれて、惹かれるようになりました。今では、呑むのはほとんどアイラウイスキーです」

「確かに……この味わいがわかるようになったら、もういっぱしの大人ですよ」

「ふふっ、わたしもう三十四歳のバツイチなんですよ。大人に決まってます」

「そうだったね。あなたがあんまり若いから……二十代にしか見えない」

「いやだわ、そんな見え見えのお世辞を」

「いえ、本当ですよ」

などとべたな会話を交わしていると、バーテンダーに呑み方を問われて、修一は令意子をうかがった。

「もちろん、ストレートでよろしいですね？」

「はい。もちろん、ストレートで……それとチェイサーを」

「確かに。ストレートで呑んだあとで、水を飲むと、独特の香りがひろがって、それがまた美味しい」

「同感です」

令意子が微笑んだ。口角がきゅっと吊りあがって、爽やかな色気のようなものが滲む。

自分がアイラウイスキー党でよかった。

どうやらアイラ島特産のスコッチが、二人の距離を大幅に縮めてくれたようだ。

カウンターに出されたストレート用の小さなグラスには、薄茶色の半透明の液体が注がれている。

二人はそれをつかんだ。

「映画の成功と、二階堂卓弥のさらなる躍進を願って、カンパイ！」

修一の音頭で二人はグラスを高く掲げる。

舐めるように、確かめるようにウイスキーを口に含んだ。

（やはり、いい！）

最初に甘さがくる。そのあとで、ピートの香りが口のなかでひろがる。

「美味しいわ……！　このわずかな量にもいろいろな味がする。ピートと潮の香りもする。胃のなかがカッと熱くなる。最高だわ、このスコッチ！」

令意子が目を細める。

すでに目がきらきらしてきている。だが、このウイスキーのアルコール度数は四十五度である。

ストレートで何倍もお替わりすれば、やがて、きらきらしている瞳がとろんとしてきて、陶酔へと変わっていくことだろう。

修一はチーズの盛り合わせを頼み、さらに、会話では、二階堂卓弥を褒めた。

もちろん、今回卓弥はいい演技をしている。が、今褒めちぎっているのは、令意子の気分を良くさせるためである。

修一は自分は量をコントロールしつつ、令意子のグラスが空くと、アイラウイスキーを注いだ。

アイラウイスキーの酔いは強烈だ。

令意子は注がれた液体を静かに呑み干して、空になったグラスをカウンターに置き、

「ゴメンなさい、酔ったみたい……そろそろ帰らないと……」

そう言って、スツールから立ちあがろうとして、足元をふらつかせ、スツールにつかまった。

「大丈夫ですか？　しばらく、部屋で休みましょう。マスター、料金は部屋のほうにつけておいて」

そう言って、修一は令意子を肩につかまらせる。

忘れそうになったハンドバッグを修一が持ち、さらに、右手を令意子の腋の下にまわして、抱き寄せる。

「すみません……こんな無様をさらして……すみません……」

令意子は必死に取り繕おうとしているが、すでに呂律はまわっていない。

令意子はすらりとした長身で、身長も修一がやや高い程度である。腋の下で支

えると、たわわな胸のふくらみを感じる。

女優にしたいような抜群のプロポーションで、とにかく足が長く、尻が上のほうにある。その上、乳房もたわわである。

（この人が女優になったら、いいところまで行くかもしれんな……今度、伝えてみるか……）

バーを出て、エレベーターで二十八階まで降りた。

エレベーターを出て、廊下を客室に向かって歩いていく。

「ゴメンなさい……ゴメンなさい」

同じ言葉を繰り返しながら、令意子は凭れかかって、千鳥足で必死に歩く。

2

修一はカードキーをかざし、ドアを開けて、なかに入る。

カードキーを差し込むと、照明が点いて、客室が浮かびあがった。

ダブルの部屋で中央に大きなベッドが置いてある。その向こうにはライティングデスクとソファのセットが見える。

修一は令意子をそっとベッドに座らせた。

崩れそうになる令意子を支えて、ジャケットを脱がせる。

クリーム色のタイトフィットなニットが大きな胸を強調していた。

そこで、令意子は力尽きたかのように倒れて、ベッドに横臥する。

その足から、黒のハイヒールを脱がせた。

令意子は白い掛け布団の上に斜めに横臥している。黒髪が散り、スリットの入ったタイトスカートから、肌色のパンティストッキングに包まれた太腿がかなり上までのぞいてしまっていた。

足はすらりと長いのに、そのむちむちっとした太腿に目が釘付けになった。

「まだ苦しそうですね。スカートを脱ぎましょう」

そう言って、修一はスカートに手をかける。

令意子はゆるく首を振っているが、すでに思考力がなくなっているのか、それとも、気持ちはいやだが身体が動かないのか、強く抗おうとはしない。

スカートをゆるめ、苦労して引きおろした。足先から抜き取ると、肌色のパンティストッキングから白いレース付きのパンティが透けて見える。

（白か……！）

美熟女の白い下着がこんなに衝撃的だとは……。

パンティストッキングから透け出ている白いレース刺しゅうの小さなパンティを見たときに、修一の下腹部がズボンを一気に持ちあげた。

(しかし、このまま抱いてしまっていいのか？　いちばん知りたいのは、令意子がつかんでいるだろう綾香と卓弥の情報だ。だけど、こんなに泥酔していては、それを聞き出すのは難しい……せっかくだから、このチャンスに……しかし、それでいいのか？　女が泥酔したときにやってしまうのは、男として最低なんじゃないか？　レイプとして訴えられる可能性だってある。このまま、何もせずに朝まで寝かせて、朝に訊けばいいんじゃないか？)

などと迷っているとき、

「苦しいわ……脱がせて」

令意子がニットをつかんで持ちあげようとして、力なく放してしまう。

「これは、令意子さんが脱がせてと言ったんだからね」

「ええ……わたしが言ったの。だから、心配しないで……」

「わかった」

修一はノースリーブのクリーム色のニットの裾をつかんで引きあげ、首から抜いていく。

一度あがった黒髪が落ちて、レース刺しゅうの入った白いブラジャーがたわわな胸を覆っているのが見えた。

この歳になって、と思いつつも、ごくっと生唾を呑んでいた。

すると、令意子が自分からパンティストッキングに手をかけて、尻を浮かせて引きおろし、両足をあげて抜き取ろうとする。

その途中で力尽きて、パンティストッキングのまとわりつく膝をくの字に折り曲げたまま、助けを求めるような顔で修一を見た。

「わかった。脱がせればいいんだな」

令意子がこくんとうなずく。

本人が望んでいるのだから、これはセクハラでもレイプでもない。

修一はパンティストッキングをつかみ、足をあげさせて足先から抜き取っていく。

すらりと長い足の付け根を、白い刺しゅう付きの小さなパンティが三角に覆っていた。これで、令意子は完全な下着姿である。

修一はすでにベッドにあがってしまっている。

迷っていると、令意子の右手がスーッと股間に伸びて、ズボンの上から屹立をさすってきた。

「えっ……？」

修一が愕然としていると、

「監督も脱いで」

令意子が言った。

「いいのか？　どうなったって知らないぞ」

「大丈夫……監督もこれが目的でわたしを部屋に連れてきたんでしょ？　わたしもそれがわかっていて、ついてきたんだから問題ないですよ」

「……！　酔ってはいるけど、泥酔はしていないんだな？」

「ええ……わたしはすごくお酒に強いから。まだ記憶は飛ばない。知ってるのよ。わたしが泥酔すると記憶がなくなるとウワサされているのは。これまでも、多くの殿方がそこを突こうとしてきたのよ。でも、だいたいは殿方のほうが先に酔いつぶれてしまって……」

「やられたな、これは……一本取られたよ。だけど、俺はまだ酔いつぶれてはいない」

「だから、合格……」

「ほお、俺は合格か？」

「ええ……来て」

こうなったら挑むしかない。たとえこれが何かの罠だとしても、令意子は罠に嵌まるだけの価値のある女だ。

それに、その流れ次第では、そのご褒美として、綾香と卓弥の関係を教えてもらえるかもしれない。

修一は急いで服と下着を脱いだ。

衰えた体を見られるのは恥ずかしいが、股間のものがすごい勢いでいきりたっているから、これでカバーするしかない。

全裸になって、上からキスをした。

唇を合わせると、令意子は修一を抱きしめて、みずからも唇を重ねてくる。

修一が舌を押し込むと、なめらかな舌がからんできた。

息づかいが荒くなり、アイラウイスキーのピートの香りがする。

舌をからめながら、肌を撫でさすった。

すべすべの肌だった。しかも、三十四歳の熟れた女性の柔らかな丸みが手のひ

ら を気持ち良くさせる。

アイラ島の潮風に似た息が修一のなかにも入ってきて、それを歓喜のなかで受け止めながら、舌を吸い、柔肌を撫でさすった。

「んんっ……んんんんっ……ぁあああぁぁ」

キスできなくなったのか、令意子がぎゅっとしがみついてきた。

「キスが上手だ。肌もすべすべだ」

褒めると、令意子ははにかんだ。そのはにかみ方がとても悩ましかった。

(この女、自分の女にしたら、とんでもなく都合がいい女になるだろうな。仕事もできるし、頭の回転が速い。それに、おそらくセックスが好きだ)

修一は令意子を横臥させ、背中のホックを外して、ブラジャーを抜き取った。

ぶるんとこぼれでた乳房を令意子が隠す。

その間に、修一は白いハイレグパンティに手をかけて、一気に引きおろした。

足先から抜き取ると、恥丘に長方形の翳りがふさふさしており、令意子は乳房に次いで、そこを覆った。

脱がせたばかりの下着はまだ温かいが、羽のようにかるく、ほんのりと甘酸っぱい。

その下着をそっと置いて、覆いかぶさっていく。

形のいい乳房をつかむと、柔らかな弾力が伝わってくる。とにかく色が白くて、青い血管が透け出している。そして、乳首や乳輪は濃いピンクだ。

それに、全体にいい具合に脂肪が乗っていて、今が食べ頃という体つきをしていた。

(ダンナと別れてだいぶ経つらしいが、その間、セックスレスということはないだろう。職業柄、何人かのお偉いさんに枕営業をかけているかもしれない。だが、そんなことはどうでもいい……こんないい女が今、自分の前に身体を横たえているのだから……)

乳房に顔を埋めて、頂上をしゃぶった。

れろれろっと舌で弾くと、たちまち令意子は反応して、

「ぁあああ、それ……」

ぐんと顎をせりあげる。

どんどん硬くしこってきた乳首を吸い、吐き出して舐める。また吸いあげて、解放して、舌で転がす。

それをつづけているうちに、令意子はもう我慢できないとでも言うように、下

腹部をぐぐっ、ぐぐっと持ちあげはじめた。繊毛をせりあげながら、

「ぁあああ、んんんっ……いいの」

鼻にかかった声を出して、甘えたような媚態を示す。

ならばと、修一は先を急ぐ。

乳房から顔をおろしていき、臍のあたりを舐めながら、脇腹を撫でさすってやる。指で掃くようにして脇腹をなぞると、

「あっ……あっ……」

令意子はびくっ、びくっと震えて、衝撃をあらわにする。

敏感だ。バツイチの三十四歳の肉体は充分に熟れており、身体が男を求めているのだろう。

修一はそのまま舐めおろしていき、翳りにざらっ、ざらっと舌を走らせる。

縦長にびっしりと茂った陰毛は意外と硬く、一本一本が太くて、縮れている。

そこを舐めあげると、舌が敏感な個所にも触れたのだろう、

「ぁあああ……!」

令意子は艶めかしい声を洩らして、腰を浮かす。

翳りの底のほうに鎮座するクリトリスを舐めるにつれて、尻が浮き、ついには

もどかしそうに自分で横に振り、もっととばかりに押しつけてくる。

淫らな腰の動きだった。

酔っていることもあるだろう。だが、その露骨な動きが令意子の秘めている貪欲さを思わせて、修一はひどく昂奮してしまう。

がばっと顔を埋めて、媚肉に貪りついた。

ふっくらした肉びらがひろがって、ぐちゃっと蜜が滲み出し、その狭間を舌でなぞりあげると、

「ぁあああ、ぁああうぅぅ……蕩けてく。わたし、蕩けてしまう……ぁあああ」

令意子はうっとりとして言い、修一の顔の横にある足指をぐっとのけぞらせたり、内側に折り曲げたりする。

膣口がわずかに孔をのぞかせて、そこを舐めると、ひくひくっと収縮し、とろりとした濃い蜜があふれてくる。

膣口の周辺をなぞると、それがとくにいいのか、

「ぁああ、あああ、そこ……欲しくなっちゃう」

令意子がくなっと腰をよじった。

(そうか。ならば……)

修一はそこを攻めやすい体位を取ることにして、令意子にシックスナインをするよう求めた。

「恥ずかしいわ。シャワーも浴びていないし……」

令意子がためらった。

「大丈夫だ。きみのオマ×コはいい香りがする。きれいだよ。だから、恥ずかしがることはない。頼むよ」

そう言って、修一は仰向けに寝た。

すると、令意子がおずおずとまたがってきた。尻をこちらに突き出す形で修一の上になって、下腹部のいきりたっているものを静かに頬張ってくる。

(温かい……舌がからんでくる!)

目の前にひろがる絶景を眺めながらも、修一はしばらくその感触を味わうことにした。

純粋なフェラチオとシックスナインでは、咥えるときの方向が違う。したがって、感じ方も違う。

令意子は根元まで咥え込んで、ゆったりと顔を打ち振る。

そうしながら、手を伸ばし、睾丸袋をやわやわとあやしている。もう一方の手で肉棹を握りしめて、根元をしごく。

そうしながら、先端にちゅっ、ちゅっとキスをし、さらに、

「んっ、んっ、んっ……」

くぐもった声を洩らしながら、積極的に唇をすべらせる。

「ぁああ、気持ちいいよ。まさか、今売り出し中の女社長にここまでご奉仕してもらえるとは……幸せ者だよ、俺は」

言うと、令意子は一瞬動きを止めて言葉を聞き、

「うちのタレントを主役に使っていただいているんですから、このくらいは当然ですよ」

肉棹をいったん吐き出して言い、また頬張ってきた。

(……さすがだな)

修一も頭の下に枕を置いて、顔を高くし、目の前の尻たぶを押し広げた。

肉感的なヒップの谷間に、セピア色のきれいな窄まりがあり、その下にふっくらとした土手高で縦に長い女陰が花開いている。

三十四歳とは思えないようなピンク色で、ぼってりとした肉厚の陰唇の縁だけが蘇芳《すおう》色に染まっていて、その湾曲が生々しいエロスを伝えてくる。

向かって右側の尻たぶの陰唇に近いところに、黒子が二つ並んでいた。

修一は顔を寄せて、最初にその黒子を舐めた。

「あっ……いや、恥ずかしい……そこは黒子でしょ？」

令意子が言う。

「ああ、黒子が二つ並んでいる。知っているんだね？」

「はい……」

「かわいいね、これは。それに、あなたを抱いた男にしかわからない秘密だ」

「……この秘密をばらさないでくださいね」

「わかっている。ただ、あとできみにも聞きたいことがある。どうだ、きみをきっちりとイカしたら、教えてくれないか？」

「……この秘密の黒子と引き換えに、ということですか？」

「ああ……」

「ふふっ、イカせてくれたら」

「わかった」

「じつは、わたしはアヌスも感じるんですよ」

「そうなのか？」

「はい……恥ずかしいけど。ちょっと待っていてくださいね」

3

令意子がバッグから取り出したのは、ローションと指サックだった。

これはオナニー用にも男性にも使ってもらえるから、常備携帯しているのだと言う。

(ほお……すごいな)

自分はこの女のことをまったくわかっていなかった。令意子は想像以上に性の深遠を体験していたのだ。

令意子は修一の右手の人差し指にゴムの指サックを嵌めて、くるくると根元までおろした。それから、ローションを薄く塗って、そのチューブを修一に渡した。

そして、さっきのようにシックスナインの形でまたがってきた。

「あの……ローションをアヌスに塗ってください。少しでいいですから」

「わ、わかった」

修一はチューブから絞り出した半透明なローションを尻の上から垂らして、ア

ヌスの窄まりに塗りつける。かるく擦っただけで、

「あんっ……んっ……んっ……ぁあああ、気持ちいい……わたし、へんなんですよ。そこがすごく良くて……バスルームでアヌスを洗いながら、自分の指を入れたりしているんです」

「そうか……確かに、反応がすごいな。ひくひくしている」

ローションで妖しくぬめる窄まりを、指サックをつけた人差し指でなぞると、ぬるっ、ぬるっとすべって、

「ぁああ、ぁあうぅぅ……」

令意子は心から気持ち良さそうに尻を揺らめかせる。

そして、指でなぞるたびに、茶褐色に色づいた菊の花に似た窄まりが、ひくひくと物欲しそうにうごめくのだ。

（これなら、楽に入るんじゃないか……）

修一は指サックをかぶせた人差し指でツンツンとかるく突き、幾重もの皺を集めた窄まりの中心にそっと指先を押し当てた。

指を水平にして入れようとしたが、どうも抵抗が強い。

（そうか、この形か……）

人差し指を縦にして、つまり、尻たぶの切れ目に沿って指を押しつける。幼い頃に手でピストルを作った、あの形である。

指先が触れると、令意子のアヌスはひくひくっとうごめきながら、まるで生き物が獲物をもぐもぐと呑み込むようにして、指を内へ内へと手繰り寄せようとする。

それに指を任せていると、ごく自然に人差し指が第一関節まで埋まってしまった。

だが、それ以上入れるには、こちらが押し込まなければいけないようだった。

(大丈夫か?)

おそるおそる力を込めると、ぬるぬるっと指がすべり込んでいって、

「はうぅ……!」

令意子が顔を撥ねあげた。

見ると、修一の人差し指はほぼ根元まで埋まり込んでいた。

「大丈夫?」

「はい……いいんです。すごくいい……ぁあああ、かるくピストンしてください」

言われるままに、抜き差しをしてみた。

膣よりも明らかに締めつけが強い。とくに入口付近はぎゅ、ぎゅっと指にまとわりついてくる。

それに、肛門の表面に近い側とあちら側では、感触が明らかに違う。

おそらく、こちら側の強い締めつけを示すところは、肛門括約筋と呼ばれるところだろう。深さが数センチはあるだろうか。その向こうの柔らかな粘膜が直腸らしい。その部分は、膣に似て、柔らかく濡れた粘膜が指にからみついてくる。

（そうか、こうなっているのか……）

五十九歳になっても初体験はある。試しに、人差し指をまわしてみた。縦になっていた指が内部を掻き混ぜながら、ぐるっと回転して、

「はぁあああ……！」

令意子が気持ち良さそうに顔を撥ねあげて、細かく震えた。きめ細かい肌がいっせいに粟立つ。

「気持ちいいのか？」

「ええ、すごく……ぐっとされると、何かもう背筋がぞくぞくっと……」

「そうか。じゃあ、もう一度」

さっきと逆方向にまわすと、強い抵抗感があって、それが心地よい。

こちらも感じるのか、令意子が同じようにのけぞり、気持ち良さそうに喘いだ。そのまま、しばらく回転をつづけていると、令意子がおねだりしてきた。

「あの、そろそろ、あそこにも欲しい」

「あそこって？」

「……オマ×コ」

「誰の？」

「令意子の……」

「つづけて言ってみて」

「令意子のオマ×コ……ぁあああ、恥ずかしい！」

令意子が耳の裏を赤く染めて、うつむいた。

(どうするか？　この状態で左手を膣に入れるのは難しい……そうか。右手の親指で……)

カニのハサミのような形を人差し指と親指で作って、親指を膣口に押し込んでいく。そぼ濡れた入口は容易に親指を根元まで呑み込んで、

「ぁあああ……いい！」

令意子が叫んだ。

「ケツの孔とオマ×コに同時に突っ込まれて、気持ちいいのか？」

「はい、はい……」

「令意子はヘンタイだな」

「だって、気持ちいいものはいいのよ」

「確かにそうだ。よし、これではどうだ？」

修一はリストを利かせて、人差し指と親指を同時に、アヌスとヴァギナに打ち込んでいく。大した距離のストロークではないが、それでも令意子は感じるのか、

「ぁあああ、あああああ……いいのぉ」

と、背中をのけぞらしていたが、やがて、言った。

「……お願いがあります」

「何だ？」

「そのまま、クリちゃんを……クリちゃんを舐めてください」

「わかった」

修一は顔を寄せて、笹舟形の女陰の今は下のほうにある肉芽に狙いをつけて、舌を差し出す。

明らかにそれとわかる突起を舌で左右に撥ねながら、右手を動かして、人差し指ではアヌスを、親指では膣口をストロークして、時には捏ねる。

結果的に、三カ所攻めになっている。

ぐちゅぐちゅと淫らな音がして、粘膜が指にまとわりつき、

「ぁあああ……ぁあああ……イキそう。わたし、もうイッちゃいそう！」

令意子が訴えてくる。

イカせれば、秘密を教えてもらえる。わかっている。しかし、その前にどうしてもやってもらいたいことがあった。

「ほら、令意子さん。口が遊んでいるぞ。咥えなさい」

命じると、令意子がぱっくりと下半身のそれを頬張ってきた。

温かく濡れた口腔に包まれるのを感じながら、修一は二本の指を抽送し、クリトリスを舐める。

すると、令意子はうねりあがる快感をぶつけるようにして、激しくイチモツに唇をスライドさせるのだ。

ジュブッ、ジュブッ……ジュルルル——。

唾を啜りつつ、肉の塔をバキュームする淫靡な音が響き、修一も分身を頬張ら

れる歓喜にひたる。

もちろん、その間もクンニも指マンもつづけている。

肛門括約筋の強烈な締めつけと、そこから一歩なかへ入ったところにある温かい粘膜の柔らかさのギャップが、指にはっきりと伝わってくる。

膣もぎゅ、ぎゅっと締まって、短い親指を食いしめてくる。

こんな体験は初めてだった。

(もしかして、アナルセックスもできるんじゃないか？)

しかし、やはりそれは怖い。標準的なおチ×チンではあるが、勃起していれば明らかに指よりは太い。それを押し込むとなると、令意子だって痛がって、快感とは別次元にいってしまうのではないか？

(よし、ここは我慢して、ひとまず指で……！)

ぐちゅぐちゅと抽送をつづけていると、それまで速いピッチで肉棹をしごいていた唇の動きが止まった。ついには、吐き出して、

「ぁあああ、ください。これが欲しい。この、カチンカチンが欲しい。もう、もう我慢できない」

令意子が訴えてくる。

「では、このまま移動していって、入れなさい。騎乗位で」

指を抜くと、令意子は「あん」と艶めかしく喘ぎ、それから、緩慢な動作で前に移動していった。

4

令意子は後ろ向きに蹲踞の姿勢でまたがったまま、そそりたつものをつかんで導いた。

みずから腰を静かに振って、濡れ溝に切っ先を擦りつける。それから、もう一刻も待てないといった様子で腰を沈めてきた。

怒張した切っ先がずぶずぶっと肉路を押し広げていって、

「ぁあああぅぅ……！」

令意子は一瞬のけぞり、それから背中を少し丸めて、その衝撃を味わっているようだった。

それから上体を立てて、ゆっくりと腰を振りはじめた。

最初は様子をうかがうような腰振りが、徐々に激しく、鋭いものになった。

「ぁあああ、ああああああ……いい。殿方のを受け入れるのは、ひさしぶりなんです」

言い訳をするように語りかけてくる。

「そうなの？　きみのような女性なら、いつでもどこでも、男を選り取り見取りだろう？」

「そんなことないですよ。わたしにはプロダクションの代表という立場もありますし……」

「なるほどな。その割には、アヌスにしても慣れているようだけど……」

「それは……我慢できないときは自分でしていますので」

「……自分でケツに指を入れて、あそこにもディルドーか何かを？」

「はい……いやだわ。わたし、監督を前にすると、話さなくてもいいことまで話してしまう……ぁあ、腰が勝手に……ぁあああうぅぅ」

令意子が羞恥で頬を赤らめながらも、ますます激しく腰をつかう。

（うん、待てよ。そうだ、ここでアヌスにも……）

修一は思いついたことを、打診した。

「令意子さん、前に身体を倒してくれないか？　そうしたら、俺の指をアヌスに入れられそうな気がするんだ」

「……わかりました」

恥ずかしそうに言って、令意子が前に屈んでいく。

修一の下半身をまたいでいるから、頭がさがり、尻があがる。

銀杏の葉のような形をした豊満なヒップがこちらに向かって、突き出され、谷間の奥にイチモツが埋まっているのがまともに見える。

壮観と言うか、エロい光景と言うか……。

しかも、こうすると尻たぶもひろがって、アヌスの窄まりがよく見える。

修一はもう一度ローションを指サックに塗りつけて、右手を伸ばした。

左手で尻たぶをひらいて、ぬめ光る指先を縦にして、窄まりに押しつける。すると、茶褐色の窄まりがびくっ、びくっとうごめいた。

「大丈夫そうか？」

「はい……大丈夫。ゆっくりと入れてもらえれば……」

「行くぞ」

かるく押しただけで、肛門括約筋がくいっ、くいっと指を内側へと吸い込むような動きを見せる。

(これはすごい……！　ヴァギナよりよく動く！)

人差し指が吸い込まれていき、括約筋がぎゅぎゅっと締めつけてくる。

その圧力を跳ね返すように押し入れると、人差し指が括約筋を割って、直腸の粘膜に届き、

「ぁあああ……おかしくなる」

令意子の膣がびくびくっと締まって、挿入しているイチモツを食いしめてくる。

さっきと違うのは、現在、修一の肉棹が令意子のオマ×コにがっつりと嵌まり込んでいることだ。

試しに、アヌスに差し込んだ人差し指をゆっくりと抜き差ししてみた。

めくれあがるアヌスの縁がたまらない。

(んっ、これは？)

指の動きを、差し込んだ勃起がはっきりと感じるのだ。

(そうか……膣とアヌスの間には薄い隔膜があるらしいから、今、俺は指を自分のチ×コで感じているわけだな)

人差し指の腹を向けて、粘膜を擦ると、薄い隔壁を通して、向こう側に自分のいきりたっている男根をはっきりと認識できる。

「ぁああ、それ……気持ちいい……動いていいですか？」

「いいぞ。動いてみなさい」

令意子が慎重に腰を後ろに突き出し、次は前に逃がす。

修一の足にしがみつくようにして、全身を揺すっているので、乳房のたわみを足に感じる。

そして、令意子の腰が前後に揺れるたびに、アヌスに嵌まり込んでいる修一の人差し指も出入りし、同時に、イチモツも膣に入ったり、出たりする。

「ぁああ、これ、すごい……すごい、すごい、すごい……ぁあああ、もっと欲しい」

令意子の腰振りが激しさを増すと、屹立が膣から抜けかけた。

それをふせごうと、右手の親指で自分の肉柱の根元のほうを押さえた。こうすると、抜けかけた肉棹がおさまる。その原理はわからない。しかし、実際に抜けにくいことは確かだ。

（たまらんな、これは……！）

令意子が甲高い声を洩らしながら、いっそう激しく腰をつかう。

だが、イクには至らない。

やはり、アヌスに指が入っていると、イケないのかもしれない。

「よし、今度は指は抜いて、バックから嵌める。いいね？」

「はい……そうしてください。わたし、イキたいの」

令意子が言う。

修一はいったん結合を外させて、令意子をベッドに這わせた。

四つん這いにさせて、腰を突き出させる。

上体は低くして、尻を持ちあげている。その背中のしなりや、すべてを男にゆだねているという姿勢が、男心をかきたてる。

修一は腰をつかみ寄せて、いきりたつものを打ち込んでいく。

切っ先がとろとろの膣粘膜を押し広げていって、

「ぁあああああぅぅ……！」

令意子がシーツを鷲づかみにした。

修一は最初はゆっくりとストロークする。

今体験した行為で、修一自身ひどく昂奮していた。そのせいで、イチモツがギンギンになっており、激しく動いたら暴発してしまいそうな気がする。

徐々にピッチをあげると、

「あん、あんっ、ぁああん……！」

令意子は悩ましく喘ぐ。

(仕事のできるという評判の女社長さんが、こんないい声で鳴くとは……！)

修一はそのギャップに萌えた。

「右手を後ろに……」

「はい……」

令意子が右手を後ろに差し出してくる。その腕をがっちりとつかんで、自分のほうに引っ張る。そうしながら、下半身を突き出して、イチモツを叩き込んだ。

「あんっ、あんっ、あんっ……！」

令意子の喘ぎが撥ねる。

枝垂れ落ちたストレートロングの黒髪が躍り、令意子の身体は半身になって、横顔も見える。

こうやって腕を引き寄せれば、逃げ場を失ったストロークの衝撃を、もろにこうむるはずだ。それに、令意子の横顔や乳房も見えて、刺激が強い。

「あん、あん、あん……ぁあああ、イキそう。わたし、イクかもしれない……」

「イキたいか？」

「はい……イキたい」

「では、イッたら、卓弥と綾香の秘密を教えてくれないか？　きみの知っている情報を提供してほしい」

「……それは……」

「だったら、もうこれでお終いだ」

腕を放すと、

「いや……イカせてください」

令意子がまた腕を後ろに差し出してくる。

「じゃあ、教えてくれるな？」

「はい……ただし、この話はいっさい口外なさらないで」

「わかった。誓うよ」

「それだったら……」

「感謝するよ。よし、イカせてやる。そっちの手も後ろに……」

修一はいったん右手をおろして、両手を一緒につかんで、後ろに引っ張った。

令意子の上体が斜めになるまで持ちあがり、その両腕を引き寄せながら、修一は斜め下から突きあげていく。

ぐさっ、ぐさっと硬直が令意子の体内を突きあげて、

「あんっ、あんっ……ぁあああ、イク、イク、イクっ……！」

令意子が嬌声をあげて、顔を大きくのけぞらせた。

「イケ……いいぞ。イッて……俺も出す！」

「ぁあああ、ちょうだい。ください……あん、あん、あんっ……イキます。イク、イク、イッちゃう……イクぅ……！」

「そうら……！」

ぐいぐいぐいと連続して突きあげたとき、

「イクぅ……やぁあああああああぁぁぁぁぁ！」

令意子は悲鳴のような絶頂の声をあげ、後ろから貫かれたまま、尻をがくん、がくんと揺らして、昇りつめていった。

それを確認して、抑制を解いたとき、修一も目眩く噴出へと押しあげられた。


どのくらいの時間が経過したのだろうか、修一は右手で令意子を腕枕していた。

令意子は横臥して、右足を修一の足の間に入れ、修一の腋の下あたりに顔を埋めている。

そろそろいいだろう。

修一はあの件を問い質した。

「きみはきっちりとイッた。願いは叶えた。あの件を教えてくれないか？」

「……でも、監督も傷つきますよ。覚悟なさっていますか？」

「ああ、大丈夫だ。曖昧なままのほうが、疑心暗鬼になって精神的に良くない。大丈夫だ。事実を教えてくれ」

「では、事実を知って、二階堂を冷たく扱うことはしないと約束してください。今までどおりに扱ってください。それを約束してくださるなら？」

「わかった。大丈夫だ。約束する」

「……あのとき、写真週刊誌に二階堂卓弥と沢渡綾香の密会写真が掲載されました。もちろん、事務所も本人たちも、あのときはマネージャーさんもいて、共演の可能性があった仕事の打ち合わせをしただけだと弁明しています。そうお聞きになっていますよね？」

「ああ、対外的にはね。俺は綾香から、キスをした段階で恐くなって逃げてきたと聞いている」

「そうですか……あのとき、じつは二人はつきあっていたんです」

「……事実か?」

「ええ……」

衝撃を受けなかったと言えば、ウソになる。しかし、ある程度予想していたことではあった。

「あのとき、うちの父は揉み消しに奔走していました。二階堂卓弥を呼んで、問い質したところ、やはり少し前からつきあって肉体関係もあったと白状したからです。もちろん、綾香さんには話を合わせてもらいました」

「そうか……やっぱりな」

「すみません」

「いや、あなたが謝ることじゃない」

その事実よりも、綾香がずっとウソをつきつづけていたことがショックだった。

「それで、綾香と二階堂は別れたのか?」

「そういうことになっています」

「そういうことになってる?」

「はい……」

「じゃあ、もしかして、その後も続けていた可能性があるってことか?」

「たぶん……」

「だけど、おかしいじゃないか……。彼女が主演の映画を撮っているときに、俺は綾香とできた。そうか、つまり、そこまでは、卓弥と続いていたってことか……」

（あの女、大ウソつきやがって……うん、待てよ！　それならば……）

いや、あり得ないだろう。

（しかし……ずっと気になっていた。息子の光一が自分とは似ても似つかないイケメンで、どちらかというと二階堂卓弥に似ていることを……ということは？）

心臓がドクドクッと強い鼓動を打ちはじめていた。

（これまで、一切考えなかったと言えばウソになる。しかし、あれほど綾香が卓弥との肉体関係を否定しているのだから、ないだろうと思っていた。だが、俺とつきあう寸前まで卓弥と続いていたとすれば、光一の父親は二階堂卓弥だってことも考えられる）

修一の血液型はB型で綾香がA型。光一の血液型はＡＢである。

そして、二階堂卓弥も自分と同じB型である。

だから、血液型は判断基準にはならない。

光一は自分の息子であり、同時に、卓弥の息子である可能性がある。

「ゴメンなさい。教えないほうがよかったですね」

「いや、教えてくれてよかったよ」

「このことで、二階堂に冷たく当たらないでくださいね」

「わかっている。大丈夫だ。クランクアップまではあと二週間だ。自分が聞き出したことにとち狂う女々しい男じゃないさ。心配するな」

「ありがとうございます。あの……それから、このことは絶対にこれですよ」

令意子は端麗な唇の前に人差し指を立てた。

「わかってる……汗をかいた。シャワーを浴びてくるよ。きみもあとで……」

「はい……どうぞ。ごゆっくり」

「ああ……」

修一はベッドを降りて、床を歩き、バスルームのドアを開けた。

ここはトイレとバスルームが別れているから、使いやすい。

シャワーの熱さを調節して、頭から浴びた。

温かいミストシャワーが修一を包み込んでくる。

（あいつは、綾香はじつは卓弥とつきあっていたのだ。肉体関係だってあったの

だ)

それが事実として認定されたことだけで、気が触れそうになる。

だが、それ以上に、もし光一が二階堂卓弥の精子からできた男だったとしたら……。

修一は全身を掻きむしりたい欲望を抑え、爪を立てて頭髪を洗いまくった。

第五章　女優の前と後ろ

1

　その日、遺伝子情報解析センターから、ＤＮＡ鑑定による親子関係診断の結果が修一のもとに宅配で届いた。

　これは、二階堂卓弥と四谷光一の親子関係鑑定ができる極めて大切な報告だった。

　令意子から事情を聞いて、卓弥と綾香に肉体関係があったことはわかった。しかし、光一が誰の息子かはっきりしなかった。それをどうしても、知りたかったのだ。

信頼性が高いと言われるＤＮＡ鑑定専門会社に、鑑定をお願いすることにした。そのために必要な検体を三人から集めた。

光一と卓弥の親子関係を知るためには、二人の検体が必要だが、さらに、母親の検体が加わると高精度になるのだと言う。

卓弥の検体は彼が撮影の合間に吸っていたタバコの吸殻。

光一の検体もタバコの吸殻で、これはわざわざ光一のマンションまで行って、くだらない会話を交わしつつ、彼がトイレに立った隙に、光一の吸ったタバコの吸殻を念のため二本ちょうだいした。

そして、母親である綾香の検体は、彼女が鼻をかんだときの鼻水付きティッシだ。

結果が来るのを心待ちにしながら、修一は淡々と映画を撮った。不思議なことに、綾香と卓弥の関係を知ってしまうと、妙に静かな気分になるのだった。

結果判定までに二週間かかり、その間に映画は俳優のからむシーンなどは撮り終えていた。つまり、クランクアップはしていた。

今は映像の編集に追われているのだが、俳優が出るシーンは終えたから、たとえ結果がどう出ようと、修一が現場で卓弥につらく当たることはない。

修一は宅配便で報告書を受け取って、自室に戻り、早速、読んだ。

最初に「鑑定結果は生物学上の父母子関係を肯定するものでした」と書いてあって、それを目にした途端に、「いや、まだ信用できない」と感じた。

それでも、以降を読み進めていくうちに、やはり、これは否定しようのない現実なのだという思いが修一を押しつぶした。

(……どうりで、光一は卓弥に似ているはずだ。二人は親子なんだからな。そして、母親も間違いなく沢渡綾香なのだ)

そのどうしようもない現状を本当に理解するのには少し時間がかかった。

(だとしたら、綾香の態度は何だったんだ？　この現実を知っていたのか？　それとも知らずに産んで育てたのか？　もしも、二股をかけていたとしたら、綾香にもわからないはずだ。いや、わからないまま放っていいはずがない。いずれにしろ、俺はあいつと卓弥に騙された！)

思いが徐々に深い憤りに変わっていった。

(許せない！　あの二人は許せない！　俺は光一を、二階堂卓弥の精子からできた光一を、自分の息子だと思って一生懸命に育てていたのだ)

綾香も卓弥も、光一が卓弥の息子だとは知らなかったということも、考えられる。しかし、光一はイケメンに育ち、しかも、卓弥に面影が似ている。

それを見て、綾香が何も感じないはずがない。おそらく、気づいていた。それをわかっていて、修一には『卓弥にキスされて怖くなって、逃げ出してきた』というウソをつきつづけてきたのだ。一切、悪びれずに。

(やはり、許せない！　綾香にはそれなりの処罰を与える。そうでもしないと、俺自身がおかしくなってしまう！)

修一はきりきりと奥歯を食いしばり、ドンと机の上を叩いた。


そのすぐあとで、修一はプロデューサーの鵜飼を家の夕食に招待した。

「この映画の最大の功労者は、鵜飼、きみだ。きみにお礼をしたい。妻も同じ気持ちで、きみに手料理を振る舞いたいと言っている。招待を受けてくれないか？」

丁重に断ろうとする鵜飼を説き伏せて、今夜家に来ることを認めさせた。

以前に、鵜飼には、綾香が3Pに同意したら、お前も参加しろと言っておいた。

鵜飼は一応拒んだものの、気持ちが動いていることは見え見えだった。

そのことを意識しているのかいないのか、どちらせよ、鵜飼にとっては最高の日だろう。

鵜飼にOKをもらったその日の夜、帰宅してから修一は夕食を摂りながら、綾香にその件を切り出した。

綾香はクランクアップしてから、時々、映画の宣伝のために取材に応じたりしているが、基本的には家で静かにしている。

もともと、家庭的な女なのだ。

「いいですね。その日は一日かけて料理を作ります。鵜飼さんにご馳走を振舞って、少しでも感謝の気持ちを伝えたいわ」

そう、綾香が乗ってきた。

だがもちろん、修一はそのためにだけ鵜飼を呼んだのではない。

(虫も殺さないような顔をして……この女は二階堂卓弥の息子を俺に育てさせたのだ。よく言うよ……)

綾香には、光一と卓弥のDNA鑑定をして、二人が親子だと確定したことはまだ話していない。そろそろ告げていい頃だ。もちろん、ある件を認めさせるための脅しのネタとして使うのだが……。

「鵜飼を呼んだのはそれだけじゃない。綾香、お前、ベッドで彼の相手をしてやってくれないか？」

「えっ……？」

綾香がきょとんとした。

「わからないのか？　あいつのお蔭でこの映画はできた。そのお礼をしてやってほしいんだ。つまり、ご褒美をあげたいんだ」

「……そのために、わたしに鵜飼さんに抱かれろと？」

「ああ、そうだ。心配ない。あいつは、綾香のOKが出たら、3Pをしたいそうだ。つまり、俺も混ざる。だから、あいつは、綾香は心配しなくていい。あいつは沢渡綾香の熱狂的ファンだ。だから、お前を抱けたら……いや、オッパイに触れるだけでも歓喜に咽《むせ》ぶよ。いいだろ？」

踏み込んでけしかけると、綾香の表情が変わった。

「あなた、何を言ってるの？　わたしはあなたの妻なのよ。その妻をいくらお世話になったからと言って、プロデューサーに抱かせるなんて信じられない。無理です！」

綾香がきっぱりと断ってきたので、こちらも切り札を出しやすくなった。

「二股かけるのは初めてじゃないだろ？」

「えっ……？」

　綾香が顔をしかめた。

「どういうことですか？」

「お前がうちのマンションに来て、初めて俺に抱かれたとき、じつは二階堂卓弥ともつきあっていただろう？　たとえそれが短い間だったとしても、お前は二股をかけた。そうだな？」

「何を言っているの？　わたしは卓弥さんとはつきあったこともないのよ。だから、二股も何もないわ」

「そうかな……これを見ろ」

　鑑定書をダイニングテーブルの上に出した。

　正式なＤＮＡ鑑定会社に、光一と卓弥と綾香の親子関係を調査してもらったところ、三人は紛れもない親子であることがわかった——ということを事細かく話した。

　見る見る、綾香の顔が青ざめていくのがわかった。

「お前が二股をかけていたのか、卓弥との関係を断ち切って俺に抱かれたのか、細かいところはわからない。あのとき、卓弥との関係が切れて、寂しくなって俺のところに来たのかもしれない。いずれにしろ、綾香は卓弥の子を宿して、俺の子として産んだ。つまり、俺をずっと騙しつづけてきたんだ。お前は光一が、卓弥の子供だと知っていたよな。今になって思うと、なるほどと納得できることが幾つかある」

問い詰めると、綾香が言った。

「それは違う……わたしは、光一をあなたの子だと信じて疑いませんでした。今でもこの鑑定書に疑問を持っています。本当よ。本当なの、信じて！」

綾香がすがりつくような目をした。

「残念ながら、このDNA鑑定は日本でも有名な信頼できる機関に依頼したものだ。絶対的に事実なんだよ。科学はウソをつかない。ということは、お前は確実に卓弥に抱かれたということだ。しかも、中出しさせたということだ。そうだな？」

「……………」

綾香がうつむいて、押し黙った。

「そして、お前はそれを俺に黙っていた。写真週刊誌に撮られたときは、キスされて怖くなって、逃げてきたと言いつづけてきた。しかし、それは大ウソで、お前は卓弥とつきあっていた。何度、抱かれた？　俺に抱かれたときは、ウブな女を装っていたか？　教えろよ。何度、卓弥に抱かれた？　ちゃんとイッたんだろ？　あいつのチ×ポはデカいか？　持続時間は長いか？　踊れる歌手だったから、きっと腰の切れはよかったんだろうな？」

途中で止まらなくなった。さらに畳みかけようとしたとき、パシッと耳の下が鳴った。

左頬に火傷するような痛さが走り、修一はきりきりと綾香をにらみつけた。

綾香がたじろいだような顔をしたので、それが、修一を踏み切らせた。

修一は立ちあがって、反対側にまわり、綾香を椅子から立たせた。

テーブルにつかまらせて、後ろからフレアスカートを引きおろす。

「あなた、やめて……！」

「卓弥の子を産んでおいて、やめてとか言う権利は綾香にはないんだよ。逆らうなら、この件を光一にばらすぞ。いいんだな、それで？」

喉元に剣先を突きつけると、綾香の抵抗がぱたりとやんだ。

「そうだよな。光一が知ったら、大変なことになるものな。光一に知らされたくなかったら、俺には逆らうな。いいな」

修一はフレアスカートを完全に脱がせ、肌色のパンティストッキングの基底部に手をかけて、ストッキングを引き裂いた。

ビリビリッとナイロンのストッキングは簡単に破れて、尻から前部にかけて、大きな楕円形の穴が開き、そこから、ラベンダー色のパンティが見えた。

「逆らうな。光一に知られたくないなら……」

駄目押しをし、綾香の腰を引き寄せて、パンティの基底部を横にずらした。

あらわになった花肉に顔を寄せて、舐めた。ふっくらとした花園は舌を走らせると、一気にそぼ濡れてきた。

「すごいな、綾香は。こんなときにも濡らすんだな。本当に好き者だな」

言葉でなぶっても、綾香は言い返してこない。

ただただ押し黙っている。それでも、尻を引き寄せておいて、あらわになった花肉に舌を走らせると、くなっ、くなっと腰がよじれた。

さらに、クリトリスを舌であやすと、

「んっ……いや、いや……んっ……あっ、あっ……ぁあああうぅぅ」

綾香はもっと舐めてとばかりに、尻を押しつけてくる。

「このインラン女が！　舐めろ。しゃぶれよ！」

綾香の顔をこちらに向かせてしゃがませ、口許にいきりたつものを押しつけた。いやがる綾香の唇を強引に押し割ると、肉棹が途中まで姿を消して、

「そうら、しゃぶれよ」

修一は髪の毛をつかんで引き寄せ、腰をつかった。

いつも以上にそそりたつイチモツが、綾香の口許を犯し、唾液がすくいだされる。

修一はウエーブヘアを鷲づかみにして、屹立を口腔深く叩き込んだ。

逆らうこともせずに、必死に耐えている綾香を見ていると、猛烈に入れたくなった。

「立てよ。ほら、後ろを向いて、テーブルをつかんで。もっと腰を後ろに……そうだ」

修一はいきりたちで花肉をなぞる。

肌色のパンティストッキングが破れてできた開口部からのぞくラベンダー色のクロッチを横にずらして、こぼれでた狭間に頭部を擦りつけた。

すでにぐちゅぐちゅになっている狭間をなぞり、落ち窪んでいる個所を狙って突き出していくと、

「はうぅぅ……！」

綾香が顔を撥ねあげた。

「おおぅ、締めてくる。たまらんな、綾香は。レイプ同然にされても、感じて、締めつけてくる。綾香のオマ×コはどうなっているんだ？」

修一は腰をつかみ寄せて、分身をゆっくりと確かめるように打ち込んでいく。反りかえるイチモツがパンティのクロッチを押し退けるように膣の奥へとすべり込んでいって、

「あん……あん……あんっ」

綾香が喘ぎ声をスタッカートさせる。

修一は歓喜に酔いしれる。それはまた、綾香への復讐的な意味合いも含まれているのかもしれない。

修一は腰の動きを止めて、言った。

「木曜日の件、わかったな？　鵜飼が来たら、身体でも接待してやれ。食事のあとでいい。最初は二人でしろ。すぐに俺が加勢する。わかったな？」

「……無理です。鵜飼さんのようないい方を、そんなことに巻き込みたくないわ」

「じゃあ、あの鑑定書を光一に送るまでだな。とにかく、よく考えておくんだ。明日、俺が帰ってくるまでに結論を出せ。わかったな？」

綾香は返事をしない。だが、心ではうなずいていることだろう。

「たまらんな、お前のオマ×コは。くいっ、くいっと俺のチンポを吸い込む。おいおい、わざとやっているんだろう？　それとも、チ×ポが欲しくて自然にマ×コが動くか？」

修一は後ろから右手をまわし込んで、ニット越しに乳房をつかんだ。荒々しく揉みしだくと、豊かなたわみが指に伝わって、たまらなくなる。

ニットの裾から手をすべり込ませて、ブラジャーのカップをたくしあげ、じかに乳房に触れた。

温かくて柔らかな肉層の頂に硬い突起がしこりたっていて、そこを指腹で押し、揉み込んだ。

「ぁああ、あああ、よして……ぁああ、あああああぁぁ」

「いい声出して……本物の売女だな。乳首を揉むたびに、オマ×コがぐいぐい締まってくる。チ×ポを吸い込もうとする」

修一は乳首から指を離して、ウエストをつかみ寄せた。

パンパンパンと屹立を叩き込む音が撥ねて、

「あん、あん、あん……！」

綾香が喘いだ。

「どうした？　もう、イキそうじゃないか？　ひさしぶりだからな。待ってたんだろ？　俺のチ×ポをずっと待ちわびていたんだろ？」

「……違います」

「イカせてやる。いいんだぞ。イッて……俺の前で恥をかけ。恥をさらせ」

修一は奥歯を食いしばって、つづけざまに叩き込んだ。

綾香は意地があるのか、気持ちいいとは言わない。しかし、うねりあがる快感を必死にこらえていることはわかる。

細くくびれたウエストを両手でがっくりとつかみ寄せたとき、

「ぁあああ、いや、いや……イクぅ……！」

綾香はさしせまった声を放ち、がくがくっと震えながら、どっと床に崩れ落ちていった。

2

綾香の作った手料理を口に運びながら、鵜飼は緊張を隠せないでいる。

昔からのファンだったアイドルが自分のためにご馳走してくれているのだから、猛烈にうれしいはずだ。だが、それを直截に出すことを、この男はよしとしないのだろう。

あれから、綾香は鵜飼を肉体で接待することを了承した。そうするしか方法は残されていないのだ。

「鵜飼、呑めよ。固いぞ」

「ああ、すみません」

鵜飼がコップに入った純米酒をぐびっと呑んで、ぐふっと噎せる。

「ああ、すみません」

「まるでガキだな。綾香の前だとそんなに緊張するのか？　もう、いい歳だろ？」

綾香は今は鵜飼の正面の席について、穏やかな顔つきで料理を口に運んでいる。

今夜は粋な感じの小紋の着物を着ていて、それで、鵜飼はいっそう舞いあがってしまっているのだろう。

「固いですよね、すみません。もっとリラックスしないといけませんね」

鵜飼が頭を掻いた。

「そうだぞ。ああ、そうか。綾香、お酌してやれよ。大ファンにお酌してもらったら、最高だろう。さあ、綾香!」

綾香の顔に一瞬不穏なものが浮かんだが、すぐに笑顔になり、向かい側から腰を浮かして、酒壜を傾ける。

それを鵜飼が嬉々として受け、

「ありがとうございます。俺、本当にこの映画のプロデューサーをやってよかった。綾香さんの演技、本当に素晴らしかったです」

と、正面の綾香を見る。

「いえいえ、わたしなんか……今回の殊勲者は何といっても、鵜飼さんです」

綾香が真摯な眼差しを向ける。心の底からそう思っているのだろう。

「ありがとうございます。綾香さんにおっしゃっていただいて、飛びあがりたいほどにうれしいです」

「だったら、呑めよ。一気だ！」

「でも、そんなことしたら、俺、帰れなくなっちゃいます」

「いいじゃないか、家に泊まっていけば。なあ、綾香？」

「はい……どうぞ、泊まっていってください。だから、大丈夫ですよ。酔っても」

「そうだってよ。ほら、一気に行け！」

「はい……！」

鵜飼はコップの八分目まで注がれた純米酒をごくっ、ごくっと嚥下して、呑み干した。

「おお、さすがだな。やるときはやるじゃないか……」

「もちろん。俺だって、やるときはやりますよ」

「いいぞ。その意気だ」

その後、一時間ほども飲食しつつ、歓談すると、鵜飼は明らかに酔っぱらっている様子で苦しそうだった。

「鵜飼、少し休め。綾香、部屋に連れていってやってくれ」

「はい……」

うなずいて、綾香は席を立った。

鵜飼を立たせて、肩につかまらせ、千鳥足の鵜飼を連れて、客間へと向かう。

和室の客間には、すでに布団が敷いてあるはずだ。

そして、これからがいよいよ今夜の一大イベントの開幕となる。

少し待ってから、修一は客間に向かった。

客間のドアを開けてなかに入ると、布団にはすでに全裸の鵜飼が仰臥していた。

そして、その前に綾香が立っていて、帯を解いている最中だった。

「寝ちゃったのか？」

「ええ……でも、すぐに目が覚めると思います」

「じゃあ、よろしく頼むぞ。俺は隣の部屋にいて、欄間から覗いている」

「途中でいらっしゃるんですよね？」

「ああ、行くから心配するな。それまで、よろしくな。もちろん、挿入していいからな。かまわないから、鵜飼のあれを受け入れろ」

「これは命令ですか？」

「ああ、命令だ。言うことを聞かないときは、あの鑑定書を光一に見せる。いいな？」

綾香はうなずいて、帯をまた解きはじめる。

修一は隣室に入り、丸椅子を隣室との境の襖の前に置き、その上にゆっくりとあがった。

少しふらっとしたが、すぐに安定した。それほど呑んでいないからだ。

鵜飼にはがんがん呑ませてやったが、自分はほとんど呑んでいない。この歳になると、呑みすぎはチ×ポの勃起力に響く。

唐草模様の透かし彫りの隙間から覗くと、綾香が小紋を脱いで、長襦袢姿になるところだった。

薄いピンクに白い半衿のついた長襦袢が艶めかしい。足元の白足袋がピンクに映える。

綾香は結っていた黒髪を解いて、頭を振った。

かるくウエーブした長い髪を手でかきあげ、欄間のほうを見あげた。

修一の目を発見したのだろう、じっとしばらく見ていた。それから、視線を落として、布団にしゃがんだ。

目を閉じて眠っているだろう鵜飼の耳元で何やら声をかけている。

鵜飼がようやく気づいて、目を開け、綾香を見て目を大きく見開いた。

その瞬間を待っていたように、綾香が顔を寄せて、唇を重ねる。

綾香の柔らかな唇を受けて、鵜飼が硬直している。それはそうだろう。憧れのアイドルだった人妻にキスされているのだから。

長いキスだった。

ようやく綾香が顔をあげたときには、鵜飼は骨抜きにされたようにぼぅとしていた。だが、股間のものが勢いよく臍に向かっているのが、はっきりと見えた。

(ゲンキンなやつだな。まあ、しょうがないか。大ファンの元アイドルにディープキスされたんだからな)

綾香がちらりと勃起を見て、微笑んだ。

鵜飼があわてて下腹部を手で隠した。

それを見て、綾香が桜色の光沢のある長襦袢を片袖ずつ抜いて、もろ肌脱ぎになった。左右のたわわで形のいい白い乳房があらわになった。

(この色気……! たまらんな)

修一まであらためてその官能美に圧倒された。

見慣れている自分がこんなになるのだから、鵜飼などは爆発的に気持ちが盛りあがっていることだろう。

目を丸くして、あたふたしている。下腹部のものが勝手に頭を振っているのがご愛嬌だった。

綾香が身体をかぶせていき、乳房を鵜飼の口許に近づけて、囁いているのが聞こえた。

「鵜飼さん、いいのよ、舐めて、吸って」

「いや、でも……」

「あなたに感謝しているの。これはそのせめてものお礼だと受け取ってください。それとも、わたしのようなオバサンのオッパイではいや？」

「滅相もない。あ、綾香さんの乳房はとてもきれいで、若々しくて。大きさも形も理想的です」

「だったら、できるわよね？　舐めて」

綾香が覆いかぶさるようにして、片方の胸を突き出した。

「でも、あの……監督は？　俺、監督に怒られてしまいます」

「大丈夫よ。あの人はネトラレだから。わかるわよね？　自分の愛する女を他の男に寝取られると、すごく昂奮してしまうの。そう言ってなかった？」

「……確かに。じゃあ、監督がこれを見ているとか？」

「それはないわ。彼はもうぐっすり寝ているから、心配しないで……たとえ、二人のことがばれたとしてもネトラレだから、かえって昂奮するってこと。ねえ、舐めて……吸って……わたし、鵜飼さんに恩返しをしないといけないの。これはそのうちのひとつ……だから、いいのよ。思う存分にして……わたしはそのほうがかえって肩の荷が降りるのよ。さあ……ほら、わたしの乳首、昂奮して硬くなっているでしょ？」

「……本当だ。カチカチだ。いいんですか？」

「いいのよ」

綾香が覆いかぶさっていき、鵜飼が乳房をおずおずとつかみ、揉みながら、そっと乳首をしゃぶりはじめた。

修一はちょうどそのシーンを後ろの上方から目にしている。

だから、鵜飼が乳首をしゃぶっているところははっきりとは見えない。しかし、どのくらいに一生懸命に食らいついているかは雰囲気でわかる。

「ぁあああ……ぁああ、ダメっ……声が出ちゃう。ぁあああ、気持ちいい……鵜飼さん、上手。上手よ……ぁあああうぅぅ」

綾香のこちらを向いた長襦袢に包まれた尻が、くなり、くなりと揺れじめた。

そのとき、まさかのことが起こった。

綾香みずからがピンクの長襦袢をまくりあげて、半幅帯に留めたので、下着をつけていない尻が剝きだしになったのだ。

（こ、これは……？）

尻をあらわにしたところで、鵜飼には見えないから意味はない。と言うことは、つまり、自分のために？

（そうか、綾香は俺に見てもらおうとして……！）

それが女優としての気持ちなのか、愛する男に見てもらいたいという露見への欲望なのか、はっきりしない。しかし、修一はひどく昂奮してしまった。

自分の妻が、知人の男に乳首を吸われ、ふくらみを揉まれながら、わざわざ尻をあらわにして、夫に見せてくれているのだ。

股間のものが一気に頭を擡げてきて、ズボンを突きあげる。

修一はズボンをゆるめて膝までおろし、ブリーフのなかに右手を突っ込んだ。

分身が自分でも驚くほどにいきりたっていた。

それをかるく握っただけで、目が眩むような快感が充溢してくる。

荒くなりかけた息を必死に押し止めて、通常の呼吸に戻す。それでも、熱い血が全身に駆けめぐり、頭もぼうっとしてきた。

そのとき、綾香の身体が下へとおりていくのが見えた。

鵜飼の薄っぺらな胸板に、ちゅっ、ちゅっとキスを浴びせ、乳首をしゃぶりはじめた。小豆色の乳首を舐められて、

「あっ、くっ……」

と、鵜飼は歓喜に眉根を寄せている。

(あいつにとって、今が人生最高の瞬間だろうな)

自分が鵜飼だったら、悦びすぎて死んでしまうかもしれない。

左右の乳首を丹念に舐めた綾香の顔が、下腹部へとさがっていった。

(おいおい、もう咥えるのか?)

綾香は鵜飼の足の間に腰を割り込ませて、両膝をすくいあげた。

何か言われて、鵜飼は自分で両膝を持った。曲げて、開いている格好である。

すると、綾香はギンとそそりたっているものをつかんで、鵜飼の下腹に押しつけた。それから、あらわになった裏筋をツーッ、ツーッと舐めはじめる。

(綾香、お前……!)

こうもためらいなく他の男のチ×ポを舐められると、何だか拍子抜けしてしま

う。

（お前には罪悪感とか、羞恥心はないのか！）

もちろん、それが都合のいい解釈であることはわかっている。

こうしないと、光一に出生の秘密を教えると言われては、綾香は甘んじて受けざるを得ない。ある意味、居直っているのだろう。割り切っているのだろう。

その分、綾香の技巧は精緻を極めた。

ツーッ、ツーッと裏筋を何度も舐めあげ、それから、ぐっと姿勢を低くした。

（お前、そんなところまで！）

綾香は睾丸を舐めているのだった。

皺袋を丁寧にしゃぶられて、

「ああ、ぁああ……いけません！　綾香さんがそんなことをなさってはいけません……ぁあああ！」

鵜飼が悲しそうに言った。

綾香はいさいかまわず、まるで修一に見せつけでもするようにして、睾丸に舌を走らせる。

それから、また裏筋を舐めあげていき、包皮小帯に舌を押しつけて、ちろちろとあやしている。

（ああ、くそっ……そんなに丁寧にしなくていいんだ！）

綾香は尻を後ろに突き出して、這うような姿勢で舐めている。

象牙色の尻がまともに見える。その豊かな双臀も、谷間でうごめいているアヌスの蕾さえも目に飛び込んでくる。

やがて、綾香が屹立に唇をかぶせて、顔を振りはじめた。

ゆったりと上下動させるだけで、

「ぁあああ、信じられない……。俺、あの沢渡綾香にフェラチオされているんですね。あり得ない。でも、これは現実だ。夢じゃない、そうですよね？」

鵜飼が言って、肉棹をいったん吐き出した綾香が、

「そうですよ。これは現実です。あなたは沢渡綾香におしゃぶりされているのよ。それだけのことをしてくれたから、感謝の意味合いでしているの。もっとおしゃぶりさせてもらっていい？」

「ああ、はい……ぁあああぅ……もう、死んだっていい」

「ふふっ、それは困ります。これからも、わたしたちのために頑張っていただかないと」

「ああ、はい……何だってしまいます！　ぁあああ、また……くぅぅぅ」

鵜飼が唸った。

綾香がふたたび肉棹を頬張ったのだ。

いきりたちを根元まで口におさめ、両手を伸ばして、鵜飼の胸板をなぞる。ついには、左右の小さな乳首を指で挟んで転がしたり、捏ねまわしたりする。

「んっ……んっ……んっ……」

そうしながら、顔を打ち振って、肉棹を追い詰める。

こちらに向かって突き出された豊満な尻、平たくなった上半身と伸びている両腕、絶えず動く指先と打ち振られる顔と黒髪……。

(やっぱり、綾香はエロい。エロすぎる！)

下腹部のイチモツがますます力を漲らせて、それを握りしめる。ゆったりとしごくと、信じられないほどの快感がふくらんでくる。

綾香が胸をいじっていた手を鵜飼の肉棹に持っていった。

唾液でぬめ光る肉の塔を握って、上下に擦りながら、それを上から覗く修一に見せつけでもするように顔の位置をずらした。

鵜飼の毛むくじゃらの脛から太腿にかけて舐めあげる。同時に、右手のほっそりした指をからませて、いきりたちをきゅ、きゅっとしごく。

（入れたい。このままバックから、綾香に挿入したい……！　だが、もう少し待とう。綾香が鵜飼のチ×ポでよがるさまを見たい。その無様なシーンを見てからだ）

しごきつづけたら、射精してしまいそうなので、手の動きを止めた。

隣室の布団の上では、綾香は右手をスライドさせながら、その動きにつれて顔を打ち振っている。

「んっ、んっ、んっ……」

くぐもった声を洩らしながら、素早く唇をすべらせて、亀頭冠を中心に攻めている。

「ぁああ、あああ……ダメだ。綾香さん、出てしまう！」

鵜飼が素っ頓狂な声で言って、綾香が顔をあげて、口角に付いた唾液を手の甲で拭った。

3

仰臥した鵜飼を見おろしながら、綾香が長襦袢を肩からすべり落とした。

たわわな乳房や下腹部の漆黒の翳りが見える。

白足袋だけは履いていて、一糸まとわぬ姿に白足袋だけという格好が着物の余韻を残して色っぽい。

綾香が耳元で何か囁き、鵜飼は頭と足の位置を変えて、これまでとは反対側を向いて、布団に仰臥した。

どう言ったのかわからないが、これなら角度的に、欄間から覗いている修一を発見することはできない。それに、上になったときに、綾香は修一と向き合う形になる。

お尻ばかりではなく、綾香は自分を正面から見られる体位を選んだのだろうと思った。

綾香が鵜飼の下半身にまたがって、一瞬、ちらりと欄間を見た。

目が合って、すぐに綾香は視線を伏せる。

それから、臍を打たんばかりの肉棹をつかんで、みずから腰を振って翳りの底に切っ先をなすりつけた。

「ぁあああああ、感じる……」

そう口走りながら、綾香はもう一度、欄間を見あげた。

修一がわかるように大きくうなずくと、綾香がゆっくりと沈み込んでいった。

そそりたつものが繊毛の底に少しずつ姿を消していき、やがて、ほぼ根元まで埋まっていくのがまともに見えた。

「ぁああうぅぅ……大きい！」

そう言って、綾香が顔をのけぞらせた。

（大きいか……そうか、鵜飼のチ×ポは大きいのか……！）

嫉妬した。しかし、修一の胸にせりあげてきたのは、嫉妬に基づく強烈な昂奮だった。

強い昂揚で目がかすんだ。その視界のなかで、綾香が腰を振りはじめた。

（ああ、綾香！　すぐに腰を振りはじめやがって！　このインラン女が。お前は硬いチ×ポだったら、誰だっていいのか！）

そう心のなかで罵りながら、修一はまた勃起をしごく。

綾香は手を前と後ろに突いて、腰を前後に揺すって、濡れ溝を擦りつけては、

「ぁあああ……あああああ……いいのよ。鵜飼さんのおチ×チン、気持ちいい。硬くて大きくて、気持ちいいのよ。あん、あん、あんっ……ゴメンなさい。腰が勝手に動くの」

あからさまなことを口走る。

おそらく、修一が聞いていることを意識して、オーバーに言っているのだ。嫉妬に狂わせたいのだ。

真に受けてはいけない。わかっていても、鵜飼のものが硬くて大きくて、気持ちいいと言われると、体の奥底から不条理な情念が込みあげてくる。

（くそ、くそ、くそっ！　鵜飼のチ×ポを呑み込んで、いやらしく腰を振りやがって！）

ブリーフのなかのイチモツを握りしめた。

隣室では、綾香が両手を後ろに突いて、修一に向かって足を開いた。

長方形の翳りの底に、鵜飼の肉柱がしっかりと嵌まり込んでいるのが、目に飛び込んでくる。

そして、綾香は修一を見ながら、また腰をつかいはじめた。

顔をあげながら、腰を前後に振って、肉棹をなかで捏ねて、

「ぁああ、鵜飼さん、気持ちいい。あなたのおチ×チンがわたしをぐりぐりしてくるのよ……ぁあああ、ぁああ、見て。淫らなわたしを見て」

鵜飼に語りかける。

鵜飼が言われたように顔を持ちあげて、枕を自分の頭の下に置いた。

綾香が腰を振るところをじっと見て、言った。

「すごい！　俺、本当にあの沢渡綾香さんとしてるんですね？」

「そうよ。本当にしているのよ。あなたが頑張ってくれたから、そのお礼をしているの。だから、いいのよ。遠慮しなくていいのよ」

「はい……！」

鵜飼がいきなり、腰を撥ねあげた。

両手で綾香の腰を浮かして、下から屹立を打ち込んでいく。直角に足をひろげている綾香の翳りの底に、イチモツがずぶずぶと出入りしているところが見え、

「あんっ、あんっ、あんっ……ぁあああ、気持ちいい……突いてくる。あなたのおチ×チンが綾香のあそこを突きあげてくる。ぁああ、当たっているわ。当たってるのよ」

綾香がさしせまった声を放って、

「おおー、綾香さん！」

鵜飼が感激して、さらに激しく腰をつかいはじめて、綾香も上で裸身を揺らしながら、

「あんっ……あんっ……あんっ……ぁああ、イキそう。鵜飼さん、綾香、イキそう……！」

さしせまった様子で訴えてくる。

（くそっ、くそっ、くそっ……鵜飼相手に本気に感じやがって……許せんな。絶対に許せん！）

もっとも、こうなることを予想して、ひそかに用意するものを用意して、待っていたのだが。

修一は椅子から降りて、急いで服を脱いで、全裸になった。

あらかじめ用意しておいたバッグを手にして、いきなり、襖を開けた。

二枚の襖が途中まで開いて、その中心で修一が仁王立ちする。

マジックショーのように修一が現れたのを見て、鵜飼がギョッとしたように目を見開いた。

「す、すみません！」

あわてふためいて、綾香を撥ねつけようとする。しかし、綾香が鵜飼にしがみついて離れようとしないのだ。

「いいんだ。この前、言っただろう？　綾香を抱いてやってくれと。そして、3Pをしてやってくれと。お前は、綾香が承諾するなら、3Pをしてもいいと言った。覚えてるよな？」

「……ああ、はい……」

「綾香に打診したら、3Pもお前に抱かれることも承諾した。どうやら、鵜飼には多大な好意を抱いているそうだぞ」

修一は近づいていき、綾香の背後にまわってけしかけた。

「ほら、鵜飼、綾香を突きあげろ」

「いいんですか？　本当にいいんですね？」

「いいんだ。綾香も言っていただろう？　俺はネトラレでね。二人の相手をしてくれる男を求めていた。口が固く、綾香のお気に入りの男をね。それが、鵜飼だったわけだ。だからお前は救世主だ。いいな？」

「そ、そういうことでしたら……」

「今から俺は、綾香のアヌスを狙う。できたら、最後はアナルファックをしたい。言っておくが、綾香はアナルバージンだ。まだ、アナルセックスはしたことはない。しかも、それを鵜飼のチ×ポを入れたままやりたい。つまり、二箇所同時に挿入するわけだ」

「そ、そんなこと、綾香さんが……？」

鵜飼が心配そうな顔をした。

「大丈夫だ。綾香にはその旨を言って、承諾してくれている。綾香も新しい世界に踏み込みたいそうだ。三十九歳でも、新しいことをしたいんだよ。すごいよな。まあ、俺もこの歳にして初体験だけどな」

修一は持ってきたバッグから指サックを出して、自分の中指に嵌めた。

人差し指から変えたのは、この体位からして中指のほうがしやすいと感じたからだ。

そして、ローションを綾香の尻たぶの谷間に上から垂らし、それをアヌスに塗りつけていく。

この前、香川令意子に指アナルをしたときから、ひそかに綾香にも同じことをしたいと思っていた。

今が絶好のチャンスである。昨夜、綾香にも説明して、納得させた。もっとも、何を要求されても、綾香は肯定するしかないのだが。

「ほら、もっと鵜飼に抱きついて……ケツを上に向けて」

綾香がさらに鵜飼に上体を密着させる。その分、尻はあがる。

と、鵜飼の肉柱が裏筋を見せて、綾香の膣に入り込んでいるのが見えた。

さすがに、しらけた。

しかし、鵜飼のおチ×チンをたんなる疑似男根、即ちディルドーだと思えば、どうってことはないのだ。

それに、チ×ポが膣に嵌まっていて、はじめて二箇所攻めが叶う。

イチモツを咥え込んだ膣の上方に、茶褐色のアヌスがひくひくとうごめいている。

幾本もの皺が中心に集まっていて、わずかな隆起も乱れもない、きれいな菊の門だった。

修一は半透明のローションを窄まりに塗り込めながら、マッサージしてやる。

綾香にはアナル攻めはしたことがない。しかし、指くらいなら、容易に呑み込めるはずだ。周囲をなぞってやるだけで、

「ぁああ、ああうぅぅ……」

綾香はもどかしそうに腰を振る。

ナマの男根を受け入れているのだから、アヌスをいじられても、感じ方は強くなるのだろう。

尻が揺れ、アヌスの中心もひくひくっとざわめいて、呼吸をしている。

「気持ちいいか？」

「……」

「気持ちいいんだよな？」

「はい……なんか、すごく……」

「よしよし、静かに呼吸しろ。息むなよ」

修一はローションでぬめる指サックの先を、窄まりに押しつけた。

綾香が息を吐く瞬間に、アヌスがひろがる。それを狙って、静かに力を加えると、指先がぬるぬるっと吸い込まれていき、

「あっ……！」

綾香が顔を撥ねあげた。

「息むな。そのまま、静かに呼吸しなさい」

息を吐ききった綾香が、息を吸うところを見計らって、少し力を込めると、中指がぐっと根元まで埋まっていき、

「あっ……！」

綾香の背中が反った。

「入ったぞ、根元まで」

「はい……感じます。あなたの指を感じます」

そう言って、綾香が「ぁあああ」と切なげに喘いだ。

「よし、鵜飼、動け。突きあげろ」

「はい！」

鵜飼が嬉々として下から腰を撥ねあげる。

すると、隔壁を通して、肉棹が動いていることがはっきりとわかる。そして、綾香は、

「あっ……あっ……ぁああ、許して……苦しい」

こちらに顔を向け、泣き顔で訴えてくる。

「許せんな。だいたいこのくらいで弱音を吐くような女じゃないだろ？　耐えていれば、すぐに気持ち良くなるさ……そうら、これでどうだ？」

修一は抜き差しに合わせて、中指も抽送する。

かるくストロークすると、綾香の様子が変わかった。

「……ぁあああ、へんよ、わたし、へんなんだわ……ぁああ、ぞくぞくするの。背筋がぞくぞくするのよ……ぁあああ、へんよ、へんなの」

心からの声を出して、シーツを鷲づかみにする。その指の動きで、綾香が本当に感じていることがわかった。

修一の心が一瞬迷った。

（いや、無理だろう……）

そう抑えようしたものの、思いはどんどんふくらんでいく。

（できるだろ？　俺の太い中指を受け入れているんだ。チ×ポだって、大丈夫だろう）

修一は中指をアヌスから抜き取った。

指サックを丸めて抜き取り、いきりたっている自分のペニスにコンドームをかぶせた。そして、ローションを張りつめたコンドームに塗り、さらに、アヌスにもよく塗り伸ばした。

「ど、どうするんですか？」

不安になったのだろう、綾香が訊いてきた。

「どうって……アナルファックをしてみようと思ってね」

「無理です。アナルセックスの経験がないんですよ。それなのに、今、前には鵜飼さんのあれが……そんな状態じゃ絶対に無理です！」

綾香が首をねじって、必死に訴えてくる。

「まあ、やってみようよ。無理ならやめればいい。簡単なことだ……鵜飼、お前の顔を見たくないから、横を向いてろ」

「はい……でも、綾香さんが……」

「相変わらず、綾香思いだな。いいから顔をそむけてろ」

言うと、鵜飼が横を向いた。しかし、横顔でも正面からの顔でも、鵜飼であることに変わりはない。

「悪いな。顔を手で隠してくれ」

鵜飼がそむけた顔を手で覆った。

これで、鵜飼の顔を見ないですむ。

修一は鵜飼に抱きついている綾香をまたぎ、切っ先を尻の谷間に押しつけた。

アヌスの位置はだいたいわかる。

先端が触れるとぬるっとすべるが、ローションでぬめ光る窄まりがきゅ、きゅんと収縮を繰り返して、妖しくうごめく。

「行くぞ。力を抜いて、普通に呼吸しろ。そうだ、そのまま……息むなよ。そうだ、そのまま……」

修一は右手で導いた切っ先を茶褐色の窄まりに当てて、狙いをつけた。

（ここだな……）

切っ先に体重を乗せたものの、つるっとすべって、弾かれてしまった。

「ダメだな。すべってしまう」

修一は数回同じことを繰り返したものの、亀頭部がローションですべってしまい、入っていかない。

（ううむ、だいたい上へとずれてしまうんだから、ペニスを上から押さえ込めば、どうにかなるだろう）

早くしないと、勃起を保てなくなってしまう。

焦りながらも、どこか冷静に切っ先をアヌスに押し当て、上へ逃げないように左手で押さえ込み、慎重に腰を入れていく。

すると、ぐっと亀頭部が窄まりを押す強い感触があって、位置を調節したとき、切っ先が何かを押し退けて入り込んでいくような感覚があった。

「入ったか？」

「ええ、半分入ってる……苦しい……助けて、無理……お願い、もう無理です」

綾香がつらそうに訴えてくる。

「入りかけたものを抜くなんて、もったいないだろ。力を抜け……入れるぞ。そら、息むな。すべてをゆだねろ。大丈夫だから……そうだ、おぉ、入っていく！」

とても窮屈なところを突破していくような感覚があって、

「ぁあああ……！」

綾香が顔をのけぞらせる。

「入ったな。入っただろ？」

「はい……入ってる。苦しい……あなた、苦しい……」

「おお、たまらん。すごい締めつけだ。綾香のケツが俺のチ×ポを締めてくる。おおぅ……！」

修一は奥歯を食いしばる。

おそらく、ヴァギナに男のチ×ポが入っているから、余計にきつく感じるのだろう。

「動くぞ。動いていいな?」

「……無理です。裂けてしまう。もう、パンパンなんです」

「平気だ。気をつけて、ゆっくりとストロークするから。鵜飼、お前はまだ突くなよ」

「はい……」

「行くぞ」

修一は両手をシーツに突いて、腰を持ちあげた姿勢で、打ち据えていく。

ずりゅっ、ずりゅっと肉棹が綾香のアヌスを削るように犯していき、

「あっ……うあっ……ぁあああ、許して……」

綾香が哀切に求めてくる。

「大丈夫だ、裂けてはいない。気持ちいいぞ。肛門括約筋がぐっと圧迫してくる。その先の粘膜が先っぽにまとわりついてくる。おおぅ、膣より気持ちいいぞ」

修一は静かに腰をつかって、打ち据える。それをつづけているうちに、綾香の様子が変わった。

「あんっ……あんっ……ぁあああ、ああうぅぅ」

「良くなってきたな？」

「……すごくへんな気分……」

「さすがだな、綾香は。何だって快感に変えてしまう。鵜飼、いいぞ。突きあげてやれ。ただし、あまり激しくはするな」

「わ、わかりました」

鵜飼が腰を撥ねあげると、膣のなかを硬いものが行き来するのが、薄い隔壁を通して、はっきりとわかった。

修一もまた打ち据えていく。抜けそうになるのを、どうにかしてうがちつづける。

つづけていると、綾香の様子がさしせまってきた。

「ぁあああ、ああああ……わたし、イクかもしれない。イクかも……」

綾香の言い方がかわいらしかった。

「いいぞ、イッて……鵜飼、お前は絶対に出すなよ。わかったな？」

「はい、出しません」

「ほら、突きあげろ。いいんだ。お前の頑張りどきだ」

鵜飼が下から連続して撥ねあげ、それに合わせて修一も打ち込んだとき、綾香が一線を超えた。

「イク、イク、イキます……！」

「そうら、イケ。お前は二人の男に前と後ろを貫かれて、イク女だ。そうら」

「イク、イク、イキます……いやぁあああああああああ！」

綾香は絶叫して、がくん、がくんと腰を揺らした。


気を遣った綾香を布団に這わせて、修一が後ろから膣に挿入し、綾香は前に腰をおろしている鵜飼の屹立を頬張っている。

修一は意識的にゆっくりと打ち込んでいる。

まずは、鵜飼に口内射精させるためだ。

鵜飼だって、出すものは出さないとはおさまりがつかないだろう。そのあとで綾香をかわいがるつもりだ。

「んっ、んっ、んっ……ジュルルル……」

綾香の喘ぎ声と唾音が響き、

「ぁああ、出そうです」

鵜飼が唸る。綾香の前に出ると童貞のようになる。

すると、綾香が吐き出して、言った。

「いいんですよ、出してください、わたしの口に……呑ませてください」

「い、いいんですか？」

「もちろん……呑みたいの、あなたの精液を……」

そう言って、綾香がまた肉棹を咥え込んだ。

明らかに射精を意識して、根元を右手で握り、絞り出すようにしごきあげながら、頭部を吸い、唇を往復させる。

「そうら、いいんだ。早く出せ。俺を待たせるな」

修一がけしかけると、鵜飼はうなずいてみずから腰を突きあげはじめた。

それに呼応して、綾香もいっそう力強く、情熱的に根元を握りしごき、

「んっ、んっ、んっ……」

亀頭冠を中心に素早く唇を往復させる。

すると、鵜飼の様子がいよいよ逼迫してきた。

「ぁああ、ダメです。出ます。出る……おおぅ、おおおぉぁああああ！」

最後は叫びながら、腰をせりあげている。放っているのだろう。

綾香はしばらくそのままじっとしていたが、やがて、肉棹を吐き出して、ご

くっ、ごくっと白濁液を呑む小さな音が聞こえた気がした。

修一はぐったりしている鵜飼に言った。

「悪いけど、リビングに戻っていてくれないか？　あとは二人だけでしたいんだ」

「ああ、はい……わかりました」

鵜飼は立ちあがり、服や下着をつかむと、

「ありがとうございました」

深々と頭をさげて、部屋を出ていった。

「する前にウガイをしてこい。さすがに、その匂いはキツい」

修一は言う。

「わかりました」

綾香は長襦袢をはおって、部屋を出て、しばらくして帰ってきた。

「ハミガキしてきましたから」

「そうか……もう大丈夫だな」

修一は綾香を布団に仰向けに寝かせて、首すじから乳房にキスをおろし、乳首をいじりながら舐めた。

するると、綾香はまた感じてしまうのか、

「ぁああ、ああ……恥ずかしい。わたし、おかしい……あんなことされて、イクなんて……今だってすごくまた、したくなってる」

修一を見あげて、恥ずかしそうに言う。

「いいんだよ、それで。お前は昔から性的に奔放だったんだ。それを必死に押し隠してきた。だが、もう隠す必要はない……さすがに驚いたけどな。前と後ろを犯されて、気を遣るとは……」

言うと、綾香が両手で顔を隠した。

「アヌスは大丈夫か？　痛くないか？」

「はい……今はもう痛くないです」

「さすがだな。お前のアヌスはメンタル同様に強靭だな……おっ、まだここがグショグショじゃないか。最後は俺がきっちりとイカせてやるからな」

修一は翳りの底を指でなぞりながら言う。

そこは愛撫の必要がないほどに、ぬるぬるだった。

修一は片足をすくいあげ、あらわになった花肉にイチモツを押し当てて、じっくりと沈めていく。

温かい内部がざわめきながらイチモツを締めつけてきた。

「おいおい、チ×ポが奥へ奥へと吸い込まれそうだ。たまらんな、お前のオマ×コは」

修一は両膝の裏をつかんで、ひろげながら押さえつけ、上から打ちおろしていく。打ち据えながら途中でしゃくりあげる。

こうすると、男も女もぐっと快感が高まる。

「ぁああ、いい……あなた、いいの……」

「俺も、いい……おおぅ、オマ×コがチ×ポを吸い込もうとする。貪欲だな。貪欲マ×コだ」

「……恥ずかしいわ。ぁああ、そこ……好き。そこが好き……今のところにちょうだい。そうよ、そう……あん、あん、あん……」

綾香が華やいだ声を放ち、修一も急激に追い詰められていった。

(この女は俺を騙しつづけた。許してはいない。だけど、今だけは許そう……鵜飼に抱かれて、二穴攻めまで耐えたのだから)

修一が最後の力を振り絞って打ち込むと、綾香はもうどうしていいのかわからないといった様子でシーツを掻きむしり、首を振った。

修一が白濁液を放つと、それを受け止めながら、二度目の絶頂へと駆けあがっていった。

第六章　息子の友達と

1

もう少しで編集も終わるというその日、修一が帰宅して、自室に戻ったとき、部屋の様子に違和感を覚えた。

何かおかしい。出るときと物の位置が微妙にずれている。

〔誰か部屋に入ったか？〕

入った者がいるとすれば、綾香以外考えられない。

（あれか……？）

机の引出しを開けた。そこには、親子鑑定書が入っていたはずだ。

だが、ない。

修一は階段を駆けおりていって、キッチンにいた綾香を問い詰めた。

「鑑定書はどうした？」

「えっ？　知りませんが……」

「そんなはずはない。机の引出しに入れておいた鑑定書がない。家にいるのは俺とお前だけだから、鍵は掛けていなかった。それが、今見たら、なくなっている。綾香が盗んだとしか思いようがないじゃないか。そんなことをしても無駄だぞ。あれは写真に取って、パソコンにデータとしてしまってある。返しなさい」

綾香がそれは違うとでも言うように、首を左右に振った。

「知りません。本当に取っていないし、知らないんです……あっ！」

と、綾香が何かを思い出したような顔をした。

「どうした？」

「そう言えば……今日、光一が戻ってきたわ。必要なものを部屋に取りに来たと言って、しばらく二階にいて、帰っていったわ」

「光一が……！」

修一は必死に思考を働かせる。

（光一が俺の部屋に入って、あの鑑定書を盗んでいったということは考えられないか？　しかし、どうやって光一がＤＮＡ鑑定を知ったんだ？　待てよ。そうか……俺はあいつの部屋へ行って、煙草の吸殻を検体としてちょうだいした。あいつは細かいところまで気のつく男だから、もしかして、煙草の吸殻が二本、なくなっていることに気づいたんじゃないか？　もし親が息子の吸殻を盗んだとしたら、その要因は何だ？　ＤＮＡ鑑定だろう。しかも、おそらく前から光一は自分が二階堂卓弥に似ていることをわかっていた。他人からもさんざん言われただろう……あいつも母親である沢渡綾香と二階堂卓弥のスキャンダルは知っていたはずだ。そして、俺は監督として、綾香と卓弥の主演する作品を撮っていた。そこで、何らかの不自然さを感じて、俺が二階堂卓弥と光一の親子関係をさぐった……。あるな……大いにある。光一はその鑑定書を手に入れるために家に戻った。俺の部屋はいつもオープンで、貴重品も机の引出しに入れっぱなしにしていることは、あいつもわかりすぎるほどにわかっている。そうだ、絶対にそうだ。光一が引出しから、親子鑑定書を盗んでいったのだ。そして、今頃……！）

握った拳が震えだした。

それを見た綾香が一気に不安に駆られたのだろう、

「光一が鑑定書を盗んだってこと？」

顔面蒼白になって訊いてきた。

「たぶん……」

「どうして、鑑定のことを知ってるの？」

「それは……俺があいつの部屋から、検体として二本の煙草の吸殻をちょうだいしたからだ。たぶん、それを知って、怪しいとにらんでいたんだろう。それで、今日、試しに帰宅して俺の部屋を漁ってみたら、思ったとおり鑑定書が出てきたというわけだ」

「そんな……困る。絶対に困る！」

綾香がわなわなと震えだした。

「困るって……お前が二階堂と二股をかけなければ起こらなかったんだよ。お前のせいだ。お前が悪い。絶対に悪い！　どうにかしろ！」

バンとダイニングテーブルを叩いて、修一は部屋を出た。

自室に戻って対応を考えたが、これという方法は思いつかなかった。

だいたい、自分は光一が卓弥の息子だとわかっても、ほとんど行動していない。やったのは、綾香を鵜飼に抱かせて、３Ｐをしたくらいだ。

それだって、綾香への罰と言うより、自分の趣味を満たしたものだった。

結局、自分は綾香を深く愛しており、光一が自分の息子ではないことがわかっても、何もできないのだということがわかった。

（しかし、マズいな。非常にマズい……こちらから先手を打って、光一と理解しあう時間を持ったほうがいいんじゃないか？　だけど、光一があの鑑定書を持ち出したという確固とした証拠はないしな）

修一は頭を抱え込んだ。


一週間後、オフィスで編集作業をつづけている修一のスマホにメールが届いた。光一からだった。

あわててメールを開くと、

「今夜、午後八時に俺たちが練習に使っているK倉庫に来たら？　きっと面白いものが見られると思うよ」

と、短文が書いてある。

いやな予感がして、すぐに綾香に電話をした。が、スマホも家の電話もつながらずに、不安がいっそう強くなった。

現在、午後七時。

もう一時間しかない。S埠頭にあるK倉庫まで、車で飛ばしてもそれくらいの時間はかかる。

修一は急いで、オフィスを出た。

乗ったタクシーが途中で渋滞に巻き込まれて、K倉庫に到着したのは、午後八時をだいぶ過ぎていた。

急いで、扉を開けようとしたが開かない。

裏口からどうにかして入り込んで、物陰から光に照らされた倉庫の中央を見ると——。

チェーンブロックから伸びたフックに、両手を頭上に持ちあげられて、ひとつにくくられている綾香がまっすぐに身体を伸ばされていた。

服は脱がされて、黒いスリップ姿だった。

髪は乱れて、うつむいている。

無残な姿の前には、何人かの男女がいる。

革ジャンをはおった長身の光一が腕を組んで立ち、その隣にはなぜか、大島美南がいて、光一の腕に胸のふくらみを擦りつけている。

そして、前と後ろから綾香を乱暴に愛撫しているのは、竜吾とタクミだ。二人とも、光一がヴォーカルを担当して、リーダーでもあるロックバンドのメンバーだった。

(こいつらは何をしようとしているんだ？　綾香にリンチを加えようとしているのか？　それにしても、なぜ美南がここにいるんだ？　光一に胸を押しつけて親しそうだから、おそらく男女の関係だろう。だとしたら、俺が誘われて抱いたとき、美南は光一の女だったのか？　いや、それはないだろう。たぶん、そのあとだ。美南は光一に興味を持ち、近づいた……だけど、なんで光一は俺に知らせたんだ？　呼んだんだ？)

頭を必死に働かせている間にも、長身の竜吾が綾香の胸を黒いスリップごと揉みしだき、スキンヘッドのタクミが後ろからスリップの裾をたくしあげた。

「やめて！　光一、やめさせて！」

綾香が光一のほうを見て、救いを求めた。

「ダメだ。あんたは俺がオヤジの子ではなくて、二階堂卓弥の息子であることを隠してきた。俺とオヤジをずっと騙しつづけていたんだ。それに……あんたはオヤジがいながら、卓弥にも抱かれていた。俺が基本的に追求しているのは自由だ。

何をしてもいいと思っている。ただし、すべてを許すわけじゃない。いいか、俺は最近よく言われるんだ。二階堂卓弥に似てきたねって。俺は知っている。そうやって俺を揶揄《やゆ》する連中が、その言葉の裏に隠しているものを。つまり、やつらはあんたと二階堂のスキャンダルを記憶していて、暗にからかっているんだよ、俺を……しかも、今回、オヤジは二階堂と母さん主演の映画を撮った。最悪なんだよ。俺に恥をかかせようとしているんだろ？　許せないんだよ。こんなもの！」

光一は鑑定書を出し、そこにライターで火を点けて燃やし、ドラム缶に放り込んだ。

鑑定書が燃え尽きるのを確認した光一が、二人を見た。

「いいぞ。やれよ。その女をまわせよ」

けしかける。

「だけど、本当にいいのか？　父親が誰であろうと、お前の母親であることは変わりないだろ？」

スキンヘッドのタクミが言う。

「いいんだよ。いいから、やれよ！」

「お前がいると、勃つものも勃たないんだよ。向こうへ行っていてくれないか?」

竜吾が言う。

「わかったよ。俺が見ていないからって、手を抜くなよ。やれよ。ちゃんとまわせよ。いいな?」

「わかってるよ」

「じゃあ、沢渡綾香さん、若い二人のチ×ポを愉しんでな。美南、行こうぜ」

光一が美南の肩に手をまわして、奥の部屋に向かった。

2

(どうしたら、いいんだ?)

修一はひどく迷っていた。

(妻がまわされるのを黙って見ている夫はいない。しかし、このまま出て行っても、どうせやられるだけだ)

頭を悩ませていると、

「やめて！　お願いです。自分のしていることをよく考えて！　メンバーの母親をレイプしようとしているのよ！　れっきとした犯罪よ」

綾香が必死の形相で訴える。

「俺たちだって、こんなことはしなくねえんだ。だけど、俺たち、光一には逆らえないんだ。バンドをやる金だって出してもらってるしな……それに、俺たちはもともと沢渡綾香のファンなんだよ。同時代じゃないけど、あんたのＳＮＳ見て、いいねを押したりしてるんだよ」

スキンヘッドのタクミが後ろから黒スリップの胸をつかんで、荒々しく揉み込み、綾香が吐き捨てるように言った。

「やめて……後悔するわよ」

「後悔なんかしないさ。あんたみたいないい女とできて、後悔するやつはいないさ。その瞬間、瞬間に最高なことをすればいいのさ。あとはどうなったって、いいんだ。今しかないいんだよ」

そう言って、竜吾が前にしゃがんだ。

両手を頭上でひとつにくくられた綾香は腕を持ちあげられて、まっすぐ身体を伸ばされている。

竜吾はその片足をぐいと持ちあげて、自分の肩にかけ、黒スリップをまくりあげる。

綾香の黒々とした翳りがのぞき、その下に竜吾がしゃぶりつくのが見えた。

「あんっ……！」

綾香が顔を撥ねあげる。

タクミがスリップの下に手を突っ込んで、じかに乳房を揉みしだき、竜吾が片足をあげてあらわになった花肉に貪りつくようにクンニをしている。

（やめろ……やめないか！）

修一は心のなかで悲痛な叫びをあげる。

これは、いくらなんでもネトラレの域を超えている。

（やめさせるべきだ。ここは……！）

しかし、恐怖で体が動かない。

そのとき、無意識に手に力を込めてしまったのだろう。手をかけていた段ボール箱が音を立てて、床に転がった。

あっと思ったときは遅かった。

竜吾とタクミが近づいてきた。

そこに潜んでいた修一を見つけ、

「……！　あんた、四谷監督だろ？」

「ああ、光一の父親だ」

「参ったな。両親とも来やがった！」

「来いよ」

修一は暴力では勝てないことがわかっているから、逆らわない。

引き立てられて、綾香が吊られているその足元に転がされる。

「光一を呼んでこいよ」

竜吾に言われて、タクミがすっ飛んでいった。

すぐに、光一が美南とともにやってきた。修一を見て、

「遅かったじゃないか。ビビッて来ないかと思ったぜ」

睥睨《へいげい》してくる。

「……やめてくれ。光一、こんなメチャクチャなことはよせ」

「よく言うよ。それに、俺たちはメチャクチャなことをしたいんだ。メチャクチャ上等だよ。それに……オヤジはこの女にずっと騙されてきたんだぜ。自分でも疑心暗鬼だったから、ＤＮＡ鑑定して、親子関係をさぐったんだろ？　残念

だったな、やはり俺は二階堂卓弥の息子だった。この女が二階堂卓弥に抱かれてできた子なんだぞ。オヤジはそうとも知らずに、俺を育てた。ご苦労なことだよ。怒れよ！　腹を立てろよ。この女をメチャクチャにしてやれよ」

光一の顔つきが変わっていた。

「できないらしいな。だから、俺があんたの代わりにやってやろうとしているんだ。むしろ、ありがたく思ってほしいぜ……おらっ、こいつをそこの椅子に縛れよ。ああ、下半身は裸にしろ。オヤジはネトラレらしいからな。愛する妻が犯されるのを見て、きっとおっ勃てるぞ」

「……どうして、俺がネトラレなんだ？」

「ああ、美南から聞いたんだよ。オフィスで、二階堂とこの女のファックシーンをラッシュで見ながら、あそこをおっ勃てていたそうじゃないか。それを見て、あんたがネトラレだってわかったらしい」

「……光一は何で美南と？」

「美南はあんたの映画で二階堂卓弥とベッドシーンをしたんだろ？　それで、卓弥に惚れちまった。だけど、卓弥は振り向いてくれない。卓弥に似た俺をと思ったらしいぜ。いざ寝てみたら、美南は何でもしてくれるからな。今のところ、俺のセフレだな」

光一が、美南の肩を抱き寄せた。

タイトなニットのワンピースでボディラインを浮かびあがらせている美南が、光一に寄り添って、修一を見ながら唇の真ん中に人差し指を立てた。

つまり、美南が修一に抱かれたことは内緒にしておいて、ということだろう。美南の行動力には唖然とした。美南は男を取っかえ引っかえしながら、芸能界を生き抜いていく女なのだろうと感じた。

ネジが一本外れているが、運はいい。ラッキーガールなのだ。

会話を交わしている間にも、修一は背もたれのある椅子に粘着テープでぐるぐる巻きにされて、くくりつけられた。

ズボンとブリーフは脱がされていて、剝きだしになった下腹部が途轍もない羞恥と屈辱感を生む。

さっきから押し黙っている綾香が、修一のくたんとしているペニスに目をやって、顔をそむけた。

「ネトラレのわりには勃たないな。そうか、最愛の妻がやられていないと、ダメなんだ。ネトラレは、女が他の男として感じるほどに昂奮するんだって聞いたことがある。お前ら、綾香をかわいがって、きっちりと感じさせろ。かつてのアイドルとできるんだ。ありがたく思えよ。おらっ、見せつけてやれよ」

リーダーに言われて、二人は顔を見合わせて苦笑した。

竜吾が黒のスリップに手をかけて、力ずくで引き裂こうとした。

だが、そう簡単には破れない。それに、両手を頭上でひとつにくくられているから、脱がせられないのだ。

気を利かせたタクミがカッターを持ってきて、それを受け取った竜吾が肩紐を一本、また一本と切断する。

それから、下へ引くと、黒いシルクタッチのスリップが足元まで落ちて、一糸まとわぬ姿が現れた。

「いや……！　光一、いい加減になさい！」

綾香が悲痛な声で、息子をなじった。

「そんなことを言える立場かよ。自分のしたことを反省していたら、絶対に言えないよな。そうか、反省していないんだな。あんたはまったく悪びれていない。それがまた、腹立つんだよ！」

光一が答えて、

「いいから。やっちまえよ！」

二人をけしかける。

両手をひとつにくくられてチェーンブロックで引っ張りあげられている綾香は全裸に剝かれて、その熟れた肉体をさらしている。

タクミが背後から乳房をつかみ、揉みながら、乳首を捏ねまわしている。

そして、竜吾が前にしゃがんで、綾香の片足を肩にかけ、繁みの底に貪りついていた。

「やめて……やめなさい。あなた、見ないで……。光一、やめさせて……やめさせ……あうぅぅ！」

やめてと言っていた綾香の顔が撥ねあがった。

見ると、竜吾が翳りの底に指を一本挿入したようだった。抜き差しを繰り返しながら、クリトリスを舐めている。

肉芽から顔を離して、竜吾が言った。

「ほうら、どんどんなかが濡れてきた。ヌレヌレだぞ。すごいな、沢渡綾香は。ダンナと息子の前でもこんなに濡らすんだからな」

竜吾が中指に人差し指を加えて、勢いよくピストンをはじめる。

ぐちゅ、ぐちゅと淫靡な音がして、

「くうぅぅ……やめて……あうぅぅ、ぁあああ」

綾香が歓喜の声を洩らすのを、修一ははっきりと聞いた。

(俺の目の前でレイプ同然なことをされて、感じているとは……綾香、お前はどれだけ淫蕩なんだ。誰だって、いいんだろ？　硬いチ×コをあそこにぶちこんでくれれば……！)

そう感じたとき、イチモツが力を漲らせる感覚があった。

(ああ、ダメだ。こんなときに……！)

必死に抑えようとした。しかし、いったん漲ってきたものはもう止められなかった。

イチモツがぐんと頭を擡げて、ちらりとうかがうと、光一が美南に耳打ちしているのが見えた。美南がにんまりして近づいてくる。

(おい、来るな！　コラッ、止まれ。近づくな！)

目で制した。しかし、美南は一歩、また一歩と近づいてきて、修一の椅子の前にしゃがんだ。

「おい、どういうつもりだ？」

「ふふっ、光一に命令されたの。監督のチ×ポをしゃぶってやれって……」

美南がちらりと見あげてくる。

「やめろ！」

思わず椅子を後ろにさげる。

と、美南が上体をあげて、小声で言った。

「いいのね、あのこと喋るよ。監督に抱かれたこと。マズいんじゃないの？」

綾香のほうを見る。

(それは本当に困る！)

「だったら、素直にしゃぶらせなさいよ。わかっているでしょ？　わたしがとってもおフェラが上手いってこと？　味わったら？　目の前では、愛妻がレイプされようとしているんだから、監督としては最高でしょ？」

そう言って、美南が顔を寄せてきた。

いきりたつものを握ってしごき、

「もう、監督ったら、こんなにカチンカチンにして……そうじゃないかと思ってたけど、本当にネトラレなのね。いいわ、わたしが天国へと連れていってあげる」

美南が顔を寄せてきた。

ツーッ、ツーッと裏筋を舐めあげられて、うねりあがる快感を必死にこらえた。と、美南が上から頬張ってくる。指は使わずに、口だけで、いきりたちに激しく唇をすべらせる。

「んっ、んっ、んっ……」

修一はひろがってくる快感を懸命にこらえた。そのとき、

「ぁああ、くっ……おっ」

綾香の耳をつんざくような悲鳴が聞こえた。

「いやぁあああ……!」

ハッとして見ると、美南は立ちバックで後ろから、タクミに貫かれていた。

(えっ……!)

修一はしばしの間、呆然としてしまった。

レイプすると言っていたのだから、メンバーが綾香のオマ×コに男性器を入れているのはごく自然なことだ。だが、修一のなかには、どこかでまさか、実際に挿入はしないのではないかという甘い考えがあった。

今、それを完全に打ち砕かれた。

タクミはスキンヘッドでがっちりした体格をして、怖そうな顔をしているが、まだ若く、十九歳のドラマーだと聞いている。

そのタクミが上半身は裸で、革のパンツを膝までおろした格好で、綾香を立ちバックで突いているのだ。

綾香はひとつにくくられた両手をあげて、腰を後ろに引き寄せられて、打ち据えられている。

パチン、パチンと乾いた音がして、こちらを向いた乳房がぶるん、ぶるんと揺れ、

「んっ……んっ……んっ……」

綾香は必死に声を押し殺している。

逞しい肉体をした若い男に立ちバックで貫かれて、声を押し殺しながらも、すっきりした眉を八の字に折って、苦しみと快感のない交ぜになった顔をさらす妻、沢渡綾香――。

と、そこに竜吾が加わった。

前からキスをしながら、乳房をつかみ、突起を捏ねはじめた。

後ろからはタクミが激しく打ち込み、前からは竜吾が唇を奪い、荒々しく乳房

を揉み込んで、乳首をいじる。

（ああ、二人がかりで……！）

修一の分身はますます硬くなり、そのギンギンになったイチモツを、美南が指と唇と舌を使って、追い込んでくる。

美南がフェラチオが上手いことは経験でわかっている。

美南はいったん吐き出して、亀頭の鈴口に細かく舌を走らせる。その間も、ぎゅっ、ぎゅっと力強く肉茎をしごいてくれている。

ふたたび美南が頬張ってきた。

今度は、亀頭冠を中心に唇を素早く往復させて、

「んっ、んっ、んっ……」

と、リズミカルにしごいてくる。

しかも、同時に指で根元を強く握ってしごかれる。そのとき、

「あんっ、あんっ、あんっ……」

綾香の喘ぎ声が聞こえた。

さっきまでとは喘ぎ方が違う。

綾香は後ろから激しく突かれ、身体を預けるようにしながらも、乳首を捏ねら

れて、自分をコントロールできなくなっているようだった。

「そうら、沢渡綾香！　感じろよ」

タクミにビシッと尻をぶたれて、

「あんっ……！」

綾香の声が裏返った。

つづけざまに平手打ちされ、そのまま後ろから打ち据えられると、綾香の様子が逼迫してきた。

「あんっ、あんっ、あんっ……ぁあああ、許して……許してください」

「許さないんだよ。そうら、いいんだぞ。感じて！　いい声を聞かせろよ」

タクミが猛烈に下腹部を叩きつけて、

「あんっ、あんっ……ぁあああああ、ダメっ、もうダメぇ……！」

綾香が身体を斜めにして、さしせまった声を放った。

「気持ちいいんだろ？　答えろよ、オラッ！　ケツをまた叩くぞ！」

「はい……気持ちいいんです。へんなんです、わたし……こんなことされて、気持ちいいんです」

綾香が答えた。おそらく本音だろう。

（俺の妻は、みんなの監視の前で、レイプ同然に犯されて、性感を昂らせる女なんだ。そういう女なんだ……！）

そう感じたとき、修一はいよいよ追い詰められた。

美南が察したのだろう、ますます激しくいきりたちを指でしごき、唇と舌をからめてくる。

チューッと吸った状態で、「んっ、んっ、んっ」と何度も唇を往復させながら、根元を強く握りしごいてくる。

射精前に感じるあの切迫した激情が込みあげてきた。

そして、数メートル向こうでは、綾香が後ろから立ちバックで激しく貫かれ、乳房と乳首をいじられて、いよいよ昇りつめようとしているように見えた。

「あん、あん、あんっ……いや、いや……ダメ……やめて、それ以上はダメぇ」

「どうしてダメなんだ？」

竜吾が前から訊く。

「どうしても……」

「ふふっ、イキそうなんだろ？　いいんだぞ、イッて……ほら見ろ。お前のダンナも美南にしゃぶられて、イキかけてるぞ。なっ、見てみなよ、あの顔……どうしようもねえな」

竜吾がいじってくる。

修一は現実を突きつけられて、絶望的な気分になる。しかし、美南につづけざまに唇と指でしごかれると、どうあがいてもこらえきれない圧倒的な陶酔感が急にひろがってきた。

「ああ、ダメだ。よせ！」

訴えた。しかし、美南は今がチャンスとばかりに猛烈に唇をすべらせ、指で大きくしごいてくる。

（ダメだ。出る……！）

目を開けると、綾香も昇りつめる寸前なのか、

「あんっ、あんっ、あんっ……ぁあああああ、もう、もう……」

ぎりぎりの状態にいることがわかった。

（綾香、気を遣るんだな。お前はこれだけの人に見られて、息子のバンドメンバーにレイプされて、気を遣ろうとしている！）

次の瞬間、思いが脳裏を突き抜けて、ドクッ、ドクッと男液がしぶき、美南は頬張ったまま、こくっ、こくっと男液を嚥下する。ほぼ同時に、

「……イクぅ……！」

綾香が無残に昇りつめる声が倉庫に響いた。

3

出し尽くしても、なぜかイチモツは硬いままだ。

美南がいまだ勃っているものを見て、びっくりしている。

と、光一が言った。

「すごいな。本当に出しやがった……いいことを考えたぞ。オヤジ、一応監督だろう？　どうだ、妻がやられるシーンを撮影しないか？」

「な、何を言ってるんだ？」

否定しつつも、修一の気持ちは揺れていた。

綾香がイクさまを撮りたいと、心から思ったからだ。

「いいから撮れよ。愛妻がレイプされるのを見ながら、フェラされてぶちまけたくせによ。今更、偽善者ぶるなよ。いいから、撮れ。俺のスマホを貸してやるよ。俺のはレンズが三つついたハイスペックカメラ機能を持ったスマホだから。このままま、映画にも使えるらしいぜ。どうせなら、今回の映画に使ってみたらどうだ？　やるよな？　しなかったら、俺が二階堂卓弥の息子だってこと、マスコミに公開するぞ。いいんだな？　やるよな？」

「……わかった」

「美南、テープを剝がしてやれよ」

美南が粘着テープを外して、修一は自由になった手にスマホを持たされた。

自分の旧式のものとは違って、最新式のスマホで、確かにレンズが三つついている。

以前にこのタイプのスマホで動画を撮ったことがあるが、あまりの画面の鮮明さに驚いたものだ。

「いいぞ。お前ら、つづけろ。ちゃんとしろよ。天下の名監督さまに撮っていただけるんだからな」

光一が嘲るように言って、二人が動きはじめた。

チェーンを降ろしていき、フックから手枷を外して、綾香を床に這わせる。

修一も一気に集中して、そのシーンをスマホで撮影していた。どう映っているか、画面を見ながら撮影できるから、非常にやりやすい。

(しかし……この綾香の美しさはどうだ？　乱れた黒髪、恥ずかしそうに伏せた目の色気、こちらを見るその恨めしそうな表情……！)

修一はスマホの画面を見て、指でピンチアウトしながらズームアップしていく。

これなら、綾香の官能美をとらえることができる。

カメラを向けてから、綾香の表情が変わったような気がする。艶が出て、生き生きとしてきた。目もしっとりと濡れている。

(そうか……綾香は生粋の女優なんだな。カメラを向けられればがらりと変わる。そうだ、いい表情だ！)

カメラ目線を向けていた綾香の顔が撥ねあがった。そして、ぎゅうと目を閉じて、唇をわななかせる。

レンズを向けると、竜吾が後ろから押し入ったところだった。

長身で革ジャンだけをはおった竜吾が、さかんに腰を打ち据える。パチン、パチンと音がして、

「んっ……んっ……んっ……」

と、綾香は声を押し殺す。

修一は横にまわって、結合部分にカメラを向けた。

クローズアップすると、野太く、元気な肉棹が、綾香の尻の底に出入りして、肉びらがめくれあがっているところがまともに映っていた。

(おおぅ、綾香……こんな太くて若いチ×ポを嵌められて……気持ちいいんだろ？　俺よりいいんだろ？　お前はインランだからな。太くて長いチ×ポのほうが感じるんだよな)

スマホのスクリーンに映っている動画を見ているだけで、ひどく昂奮した。股間のものがぐんと臍に向かってそそりたっている実感がある。そのとき、

「あっ、あっ、あん……あん、あん、あんんん」

綾香が洩らす喘ぎの質が変わった。

打ち込まれるたびに、綾香は乳房をぶるん、ぶるるんと揺らし、顔をのけぞらせて、甲高く喘ぐ。

(そうか……結合部分じゃなくて、自分の顔を撮ってほしいんだな。いいぞ、撮ってやる)

修一はスマホのレンズを綾香の顔に向けて、その被虐的な表情を撮る。

悩ましげに眉根を寄せて、「あんっ」と喘いで顔を撥ねあげる。

乱れ髪が張りつき、そのぎゅっと瞑った目がもたらす切ないエロスが、修一を

虜にする。

（二階堂卓弥とのベッドシーンも良かったが、こっちもいい……そうか、どこか回想シーンとして入れてみるか……回想シーンなら多少画像が悪くても、かえっていい……男の顔は入れなければいい）

修一はますます集中して、綾香の悩ましい表情を撮影する。

4

そのとき、画面に男の下半身がズームインしてきた。

タクミだった。射精から回復したタクミが分身をおっ勃てて、綾香の前に膝を突いた。そして、いきりたつものを咥えさせる。

修一は少し距離を取って、そのシーンを撮影する。

綾香が後ろからヴァギナを貫かれて、正面の男のイチモツをしゃぶらされている。

その男二人にサンドイッチにされた様子がたまらなくエロかった。

後ろから突かれて、その衝撃のまま前に移動しながら、勃起を深々と咥える。

抜き差しをされるたびに、同じリズムでイチモツをしゃぶる綾香は、むんむんとした被虐美を匂い立たせている。

竜吾がストロークを止めると、綾香が自分から顔を振って、タクミの肉柱を頬張った。

（おおぅ、綾香！　たまらんぞ）

修一は妻が、若いミュージシャンのペニスにしゃぶりつくその様子をスマホにおさめながら、羽化登仙の気持ちになっていた。理性は完全に失せ、倒錯した欲望が満たされることの圧倒的な至福に包まれている。

もう後先のことなど考えられない。今はただこの瞬間の昂揚に身を任せたい。

休んでいた竜吾が打ち込みを再開した。

今度は前より激しく尻に向かって、屹立を叩きつけている。

「んっ……んっ……んっ……」

綾香が身体を揺らしながら、イチモツに唇を大きく、早くすべらせる。

「おおぅ、出そうだ。出すぞ！」

タクミが吼えて、自分からも腰をつかいはじめた。強制フェラチオの形でぐいぐいと押し込んでいく。

「俺もだ。俺も出すぞ！」

竜吾も吼えて、いっそう強く腰を叩きつける。

そして、修一は無我夢中でそのシーンを撮っている。もう頭のなかが熱くなって、何も考えられない。

この歳になって、先走りの粘液があふれて、たらっと糸を引くのがわかる。

竜吾の突きが苛烈さを増して、タクミも激しく口腔に叩き込んでいる。

そして、二人にサンドイッチにされた綾香は、もう忘我状態という様子で身体を揺らし、されるがままになっている。

（いいんだぞ。イッて……天国に行け！）

次の瞬間、二人の男は次々と放ち、二人の精液を受け止めた綾香も気を遣ったのだろう、精根使い果たしたかのように、どっと横に崩れた。

光一が近づいていき、修一の手からスマホを奪い取った。

それから、操作をして、

「今、あんたのスマホに動画を送ったから。どう使おうと、あんたの自由だからさ。あの女と相談して決めるんだな……あんたらへの報復はこれで終わりだ。もう何もしないから安心しろ。とっとと消えてくれよ。早く！」

光一がシッ、シッと手で払う。

修一は急いで服を着て、綾香の手枷を外し、下着をつけさせて服を着させる。

光一がドアを開けてくれたので、二人は外に出た。

深夜の埠頭は冷え冷えしていたが、ところどころに明かりが灯っていて、波音が聞こえる。

歩きながら、綾香の肩を抱き寄せた。

綾香がぎゅっとしがみついてくる。

惨めすぎた。その大きく広がりそうな傷口をふさぐために意識的に建設的な意見を述べた。

「さっきの動画だけど、回想シーンとして映画に少しだけ使おうと思うんだけど、どう思う?」

「そんな回想シーンを入れたら、キャラが変わってくるんじゃないの?」

「わかってる。そこは、上手くやる。台詞を増やして、お前に吹き込んでもらうかもしれない。やってくれるか?」

「いいけど……監督はあなたなんだから、決定権はあなたにある。わたしは監督に従うまでよ」

「ありがとう」

修一は綾香の肩を抱き寄せた。

崩れ落ちてしまいそうな自分と綾香を必死に支えて、ひろい道路に向かって歩いていった。

＊本作品は書下しです。文中に登場する団体、個人、行為などは
すべてフィクションであり、実在のものとは一切関係ありません。

◉新人作品**大募集**◉

マドンナメイト編集部では、意欲あふれる新人作品を常時募集しております。採用された作品は、本人通知のうえ当文庫より出版されることになります。

【応募要項】 未発表作品に限る。四〇〇字詰原稿用紙換算で三〇〇枚以上四〇〇枚以内。必ず梗概をお書き添えのうえ、名前・住所・電話番号を明記してお送り下さい。なお、採否にかかわらず原稿は返却いたしません。また、電話でのお問い合せはご遠慮下さい。

【送 付 先】 〒一〇一-八四〇五 東京都千代田区神田三崎町二-一八-一一 マドンナ社編集部 新人作品募集係

元アイドル熟女妻《もとあいどるじゅくじょづま》 羞恥の濡れ場《しゅうちのぬれば》

二〇二二年 十 月 十 日 初版発行

著者◉霧原一輝【きりはら・かずき】

発行◉マドンナ社
発売◉二見書房
東京都千代田区神田三崎町二-一八-一一
電話 〇三-三五一五-二三一一(代表)
郵便振替 〇〇一七〇-四-二六三九

印刷◉株式会社堀内印刷所 製本◉株式会社村上製本所 落丁・乱丁本はお取替えいたします。定価は、カバーに表示してあります。
ISBN978-4-576-22138-0 ◉Printed in Japan ◉©K.Kirihara 2022
マドンナメイトが楽しめる! マドンナ社 **電子出版**(インターネット)……………https://madonna.futami.co.jp/

Madonna Mate

二見文庫の既刊本

義父の後妻

KIRIHARA, Kazuki
霧原一輝

ある日、郁夫にとって勤務する会社の経営者である妻の父親が、40歳以上も年下の女性と再婚すると宣言した。親族たちは猛反対。妻に頼まれ義父に話を聞きにいくが、郁夫よりも年下のその女性・美雪に魅了され妙に納得してしまう。義父宅に泊まった彼は義父と美雪のセックスを目撃、さらに後日、彼女から誘惑されることとなり……。書下しサスペンス官能！

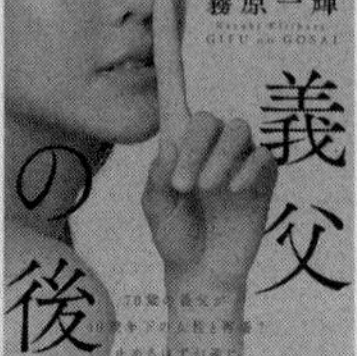

絶　賛　発　売　中

奥さん、丸見えですが…

葉月奏太

女性の下着や、その先にあるものが透けて見える――夢のような能力を、しがない会社員・正樹は、あるきっかけで持つことになってしまった。最初は会社の上司、ついには自分に起きていることが不安で診察を受けた病院の女医さんの秘部までが見え……。ただ、本命の人妻だけは見てはいけないと我慢していたのだが、ついに――。今、最も新しい形の書下しエロス。